August von Kotzebue

Der Opfertod

Ein Schauspiel in drei Akten

August von Kotzebue

Der Opfertod
Ein Schauspiel in drei Akten

ISBN/EAN: 9783743678156

Hergestellt in Europa, USA, Kanada, Australien, Japan

Cover: Foto ©Andreas Hilbeck / pixelio.de

Weitere Bücher finden Sie auf **www.hansebooks.com**

Gott segne dich mein Sohn!

Der Opfer-Tod.

Ein Schauspiel
in drey Akten.

Für das k. k. Hoftheater.

Wien,
auf Kosten und im Verlag bey Joh:
Baptist Wallishausser.
1798.

Personen.

Robert Maxwell, ein verarmter Kaufmann.
Arabella, seine Gattinn.
Harry, ein Knabe, sein Sohn.
Eine alte blinde Frau, seine Mutter.
Hanne, Dienstmädchen im Hause.
Der Hauswirth, bey welchem Maxwell wohnt.
Harrington, ein reicher Weinhändler.
Malwyn.
Dempster, ein Spieler.
Ein Jude.
Flood.
Dumfries.
Hans Hartop, ein Lastträger.
Ein Bedienter, und einige stumme Personen.

Die Scene ist in London.

Erster Akt.

Ein schönes Zimmer, mit wenigen und schlechten Möbeln.

Erste Scene.

(Arabella mit Handarbeit beschäftigt. Die alte blinde Mutter sitzt im Sorgestuhl, und hat die Hände in den Schoos gelegt.)

Die Mutter. Thomas!

Arab. Was befehlen Sie, liebe Mutter?

Mutter. Nichts, Frau Tochter, ich verlange den Thomas.

Arab. (verlegen) Thomas — ist krank.

Mutter. Ist er krank? der arme Schelm! nun so mag ein Andrer kommen.

Arab. Kann ich Ihren Befehl nicht ausrichten?

Mutter. Je nun, wenn Sie so gut seyn wollen. Ich verlange mein Frühstück, und habe diesen Morgen schon dreymal vergebens darnach gefragt.

Arab. Das Frühſtück — ja liebe Mutter: (Sie läßt ihre Arbeit ruhen, und faltet ſeufzend ihre Hände.)

Mutter. Des Morgens beym Erwachen muß ich meine Taſſe Thee und meinen Zwieback haben, ſonſt wird mir flau; das bin ich nun ſeit funfzig Jahren ſo gewohnt, und es ſteht nicht fein, wenn eine alte blinde Frau auf einen Schluck warmes Waſſer Stunden lang warten muß.

Arab. Verzeihen Sie, liebe Mutter — Hanne iſt gegangen Zwieback zu holen. — Sie kennen ihre Langſamkeit.

Mutter. Warum wird auch die Hanne geſchickt? haben wir ſonſt nicht Leute genug im Hauſe?

Arab. (ſeufzend für ſich) Gehabt! — (laut) wir behelfen uns jetzt mit wenigen Domeſtiken.

Mutter. Schon gut, ihr mögt euch behelfen, das gebührt ſich. Als ich meinen lieben ſeligen Mann, den Squire Thomas Maxwell heirathete, da waren wir beyde blutarm, und als mein Robert auf die Welt kam, da habe ich mich oft kläglich beholfen, um es nur dem Kinde an nichts mangeln zu laſſen. Nun iſt die Reihe an ihm, wenn die Kinder klein ſind, behilft ſich die Mutter, und wenn die Mutter alt wird, müſſen ſich die Kinder behelfen.

Arab. Wir thun das auch gewiß von Herzen gern.

Mutter. Nehmen Sie mirs nicht übel, Frau Tochter; es herrſcht ſeit einiger Zeit eine gewaltige Unordnung hier im Hauſe; es fehlt hier und dort, und überall. — Ich bin freylich blind, und sehen kann ich nichts, aber ich merke denn doch mehr, als mir lieb ist.

Arab. Sie wissen, daß mein Robert im Handel Unglücksfälle erlitten —

Mutter. Je, Kind, welcher Kaufmann kann sich denn rühmen, daß ihm sein Leben lang Alles nach Wunsch gegangen?

Arab. Er hat bey Beltons Banquerot grosse Summen verloren.

Mutter. Ist aber doch nicht selbst banquerout geworden.

Arab. (seufzend für sich) Daß du wahr sprächest!

Mutter. Das Vermögen war groß. Laß auch etwas verloren seyn, das Frühstück der Mutter sollte nie verloren gehn. Auch kenne ich meinen Robert. Er wird nicht vergessen, daß ich seine erste Nahrung ihm selbst reichte. Ich war damals kränklich, aber ich nahm doch keine Amme. Drum weiß ich auch, daß er sich lieber den Bissen vom Munde abdarbt, als seine alte blinde Mutter Mangel leiden läßt.

Arab. Ja, das thut er.

Mutter. Und mit Gunst, Frau Tochter, was Sie jetzt an mir thäten, das würde Ihr kleiner Harry Ihnen einst im Alter vergelten.

Arab. Liebe Mutter — Sie glauben doch nicht — daß ich — daß meine Nachläßigkeit —

Mutter. Nun, nun, ich will nicht richten.

Arab. (für sich) Ach! ich habe die ganze Nacht gearbeitet.

Zweyte Scene.

Harry. Die Vorigen.

Harry. Mutter, ist es nun Zeit?
Arab. Bald.
Harry. (vertraulich und halb leise) Ich will dir was sagen, Mutter — mich hungert.
Arab. (mit unterdrückten Thränen) Gleich, mein Kind — warte nur, bis die Hanne nach Hause kömmt.
Mutter. Der arme Junge! hat auch noch kein Frühstück bekommen. Du lieber Gott! sollte man nicht denken, es wäre kein Bissen Brod im Hause.
Arab. (für sich) Leider!
Mutter. Komm her zu mir, Harry. Bist du hungrig?
Harry. Ja, Großmutter.
Mutter. Hast du denn heute noch nichts gegessen?
Harry. Noch kein Krümgen.
Mutter. Du armes Kind! hättest dir gestern Abend ein Butterbrod verwahren sollen.
Harry. Gestern Abend habe ich auch nichts bekommen.
Mutter. Ist das möglich! haben deine harten Eltern dir gar nichts gegeben?
Harry. Vater und Mutter haben selbst nichts gehabt.
Mutter. Possen! warum kamst du nicht zu mir?

Der Opfer-Tod.

Harry. Ja, ich habe wohl dabey gestanden, und zugesehen, wie du deine Suppe assest; ich dachte, du würdest etwas übrig lassen, aber du hast Alles aufgegessen.

Arab. Harry schmaußte gestern Nachmittag so viel Johannisbeeren, daß mir bang war, er möchte krank werden, wenn ich ihn vor Schlafengehn noch eine Mahlzeit thun ließe.

Mutter. Ach was! Kinder müssen brav essen. Das wächst, das will Nahrung haben.

Arab. (für sich) Wie gern gäbe ich ihm mein Blut!

Mutter. Geh Harry, bitte die Mutter, daß sie dir ein paar Semmeln giebt.

Harry. (geht zu Arabellen) Liebe Mutter, gieb mir ein paar Semmeln.

Arab. Gedulde dich nur noch einen Augenblick. Hanne wird gleich hier seyn.

Mutter. Ey, warum muß er denn eben auf die Hanne warten? Als mein Robert so groß war, hat er mich oft von der Arbeit weggeneckt, aber ich ließ mich das nicht verdrießen, ich stand selbst auf und hohlte, was er brauchte. Heut zu Tage sind die lieben Frauen so bequem, so vornehm geworden —

Arab. Sie thun mir unrecht, liebe Mutter — wir haben gerade keine Semmel im Hause.

Mutter. Desto schlimmer! in einer ordentlichen Haushaltung muß dergleichen immer vorräthig seyn; das muß gehn wie am Schnürchen.

Harry. Schilt nicht, Großmutter, ich will der Hanne entgegen laufen. (Er läuft fort.)

Dritte Scene.
Die Mutter und Arabella.

Mutter. Nein, Frau Tochter, wenn ich dazu schwiege, so würde ich es einst verantworten müssen. Ich bin alt und blind, helfen kann ich nicht; aber meine Meinung muß ich sagen, nehmen Sie mir das nicht übel.

Arab. Ihre mütterlichen Warnungen sind mir immer theuer — selbst wenn sie mir weh thun.

Mutter. Als mein Sohn Sie heirathete — Sie wissen wohl, daß ich nicht recht zufrieden damit war —

Arab. Ich war ein armes Mädchen.

Mutter. Haben Sie in acht Jahren jemals ein Wort aus meinem Munde gehört, das einem Vorwurf dieser Art geglichen hätte?

Arab. Nein, nie, gute Mutter.

Mutter. Ich hätte freylich lieber gesehn, wenn Sie auch wohlhabend gewesen wären, aber ich dachte: die Liebe thut viel. Mein seliger Mann und ich, wir hatten beyde nichts, und waren doch vergnügt. Nun ist mein Sohn durch unsern Fleiß, ein reicher Mann, laß ihn in Gottes Namen wählen, wie sein Herz es wünscht. Ist die junge Frau arm, so wird sie auch dankbar seyn, sie wird mich im Alter pflegen. Ich brauche wenig, und das wenige werde ich nie fordern dürfen, sie wird immer dafür sorgen, daß es schon da ist, ehe ich noch den Mund aufthue.

Arab. Gewiß, es war mein redliches Bestreben —

Mutter. Ja, es war, Frau Tochter, es war! aber es ist nicht mehr. Seit kurzem hat sich Alles gar seltsam hier verändert, und mit jedem Tage wird es schlimmer. Alte Leute sind wunderlich, sie wollen ihre Ordnung haben. Was den jungen Leuten Grille scheint, ist den Alten Bedürfniß. Die Jugend hat so vielfachen Genuß, daß es ihr nicht schwer wird, dies und jenes zu entbehren; aber das Alter ist auf so wenig eingeschränkt, daß es gar nichts missen kann. — Und dennoch, Frau Tochter, — (mit steigender Rührung) dennoch will ich lieber selbst Mangel leiden, als meinen armen kleinen Enkel vernachläßigt wissen. Sehn Sie, das geht mir an die Seele. Sie sind seine Mutter, Sie mögen ihn wohl recht lieb haben, recht sehr lieb; aber ich bin seine Großmutter und habe ihn doch lieber.

Arab. (trocknet still ihre Thränen.)

Vierte Scene.

Harry. Hanne. Die Vorigen.

Harry. (hüpft munter herein) Mutter! Mutter! da ist Hanne, nun bekomme ich Semmeln.

Arab. (springt hastig auf und zieht Hanne bey Seite) Hast du Geld?

Hanne. Nein, Madam, ich bin wohl an fünf Orten gewesen, und hätte die filzigen Menschen anspeyen mögen. Es ist Sünde und Schande! eine halbe Krone für ein paar solche Manschetten —

Arab. Eine halbe Krone? lieber Gott! so viel kosten sie mich fast selbst.

Hanne. Freylich, das habe ich auch gesagt. Es sind wohl recht häßliche Menschen, die sich aus der Noth ihres Nächsten einen Spar-Pfennig machen.

Arab. Noth! — ja wohl, Noth! — Geh Hanne, hohle flugs die halbe Krone. Bringe Thee für die Alte und dem Knaben ein Frühstück. Zu Mittag mag Gott helfen! ich kann nicht mehr — meine Finger sind wund.

Hanne. (wischt sich die Augen) Arme, liebe Madam!

Harry. Hanne, gieb mir meine Semmeln.

Hanne. Komm, kleiner Mann, du sollst dir die braunsten Semmeln beym Becker selbst aussuchen.

Mutter. Hanne, bring mir meinen Thee.

Hanne. Sogleich, liebe Madam. (Sie geht mit Harry ab.)

Mutter. Sogleich. Das höre ich nun schon seit einer Stunde. — Ich merke wohl, daß ich den Leuten im Hause lästig werde. Ich und mein alter Sorgestuhl, wir sind aus der Mode gekommen; wir stehn beyde überall im Wege.

Arab. (für sich) Guter Gott! du allein weißt es, ich thue was ich kann. Hilf mir mehr als Armuth — hilf mir ungerechte Vorwürfe dulden — und schweigen.

Fünfte Scene.

Marwell. Die Vorigen.

(Marwell tritt düster herein. Bey seinem Anblick sucht Arabella ihr Gesicht zu erheitern.)

Marw. Guten Morgen, Mutter. Guten Morgen, liebes Weib.

Arab. Sey willkommen. Du bist heute sehr früh ausgegangen?

Marw. (verstohlen zu ihr) Doch kam ich überall zu spät.

Arab. (schlägt die Augen nieder und seufzt.)

Mutter. Laß dir sagen, Robert, deine Leute taugen nichts. Versteh mich recht, ich meine die Bedienten.

Marw. (mit bitterm Lächeln) Die Bedienten?

Mutter. Man kann zwanzig mal rufen, es kommt keiner.

Marw. Das glaub ich wohl.

Mutter. Sie haben keinen Respekt vor mir.

Marw. Vor mir auch nicht.

Mutter. Ey, so jage die Schurken aus dem Hause.

Marw. Ist schon geschehn.

Mutter. Hast du sie fortgejagt? Alle?

Marw. Alle.

Mutter. Hm! hm! — den John hättest du doch wohl behalten können; der wußte so artig mit Harry zu spielen.

Marw. Drum hat er auch wohl Harrys Sparbüchse mitgenommen.

Mutter. Hat er das? der böse Mensch! es war noch ein Goldstück von Carl dem Ersten darin, ein Geschenk von meiner Pathe. — Aber der Peter? ist der auch fort? er war ein frommer Mensch, und hat mir zuweilen mit heller Stimme den Abendsegen vorgelesen.

Marw. So? nun begreife ich, warum er Ihre Bibel so lieb gewonnen.

Mutter. Welche Bibel?

Marw. Die grosse mit Silber beschlagen. Er hat sie eingepackt.

Mutter. Der Bösewicht! dein seliger Vater hatte eigenhändig deinen Geburtstag hinein geschrieben.

Marw. Ach! mein Geburtstag ist drum nicht verloren.

Mutter. O nein! ich weiß ihn auswendig. Der 14te Februar 1772 —

Marw. (bey Seite, die Hände ringend) Wer nennt mir meinen Sterbetag!

Mutter. Der alte Jakob war damals ein rascher Bube; er mußte über Hals und Kopf nach Greenwich zu meiner Mutter reiten. Den alten Jakob hast du doch nicht weggejagt?

Marw. Nein, der ist selbst gegangen.

Mutter. Selbst gegangen? je warum denn?

Marw. Das weis ich nicht. Es sind nun drey Wochen, als ich des Morgens nach ihm fragte, da war er nicht zu Hause.

Mutter. Und ist noch nicht nach Hause gekommen?

Marw. Noch nicht.

Der Opfer-Tod.

Mutter. Kind, dem alten Manne ist ein Unglück begegnet.

Marw. Recht, Mutter, das größte Unglück, das einem Menschen begegnen kann: er ist ein Schurke geworden.

Mutter. Unmöglich!

Marw. Er hat ein paar hundert Pfund Schulden auf meinen Namen gemacht.

Mutter. Der graue Bösewicht!

Marw. Kleinigkeit, liebe Mutter. Unsere Welt ist bekanntlich aus den elenden Abschnißeln der übrigen zusammen gesetzt. Alt werden, heißt, öfter betrogen seyn als ein Anderer; ein alter Mann, ist ein Mann, der viele Schurken kennt.

Mutter. Robert! Robert! das ist gottlos gesprochen. Es kommt gar viel darauf an, wie man mit den Leuten umgeht. Wo Ordnung im Hause herrscht, wo die Leute bekommen, was ihnen gebührt, da denken sie nimmer ans Stehlen.

Marw. Es ist vorbey, Mutter. Ich biete dem Troß, der mich jetzt noch bestehlen will.

Mutter. Aber freylich, wo die Wirthschaft drunter und drüber geht, wo die Frau im Hause sich um nichts bekümmert —

Marw. (hißig) Wie, Mutter? halt, Mutter!

Mutter. Wo Eltern und Kinder vernachläßigt werden. —

Marw. Mutter! um Gotteswillen!

Mutter. Wo man zu bequem ist, um der alten blinden Mutter selbst eine Tasse Thee zu holen, oder dem einzigen Kinde ein Stück Brod zu schneiden —

Marw. (stürzt sich in die Arme seiner Frau) Arabelle! vergieb mir!

Arabella. (sanft lächelnd) Ich habe dir nichts zu vergeben.

Marw. (leise) Solche unverdiente Vorwürfe —

Arab. Verdient würden sie mich schmerzen.

Marw. Diesen Engel zu lästern —

Arab. Sie meint es gut.

Marw. Dieß Weib, das seit fünf Wochen Mutter und Kind mit seiner Hände Arbeit nährte —

Arab. Es giebt wenig Weiber, die fünf so glückliche Wochen zählen können.

Sechste Scene.

Hanne bringt Thee. Harry mit ein paar Semmeln. Die Vorigen.

Hanne. Hier ist Thee!

Mutter. Endlich!

Hanne. (setzt den Thee vor die Alte und schenkt ihr ein.)

Harry. Guten Morgen, Vater. Sieh', was für schöne Semmeln.

Marw. Hast du auch der Mutter dafür gedankt?

Harry. Nein.

Marw. (hebt ihn auf, hält ihn vor Arabellen,

Der Opfer-Tod.

und sagt mit erstickter Stimme) O dank ihr! dank ihr!

Harry. Dank, liebe Mutter.

Arab. (küßt das Kind) Wozu das, guter Robert? was ist süßer für eine Mutter, als selbst verdientes Brod in der Hand ihres Kindes sehn?

Mutter. Was soll das nun wieder vorstellen? das ist ja nicht meine Tasse?

Hanne. (blickt verlegen auf Arabellen.)

Mutter. Du weißt, Robert, daß ich seit zehn Jahren immer aus der Mundtasse trinke, die mir John Pringle aus China mitbrachte. Nun haben sie mir doch eine andere gegeben; die ist gar nicht so glatt, und ohne Deckel.

Marw. Wo ist die Tasse?

Arab. (heimlich) Ach, lieber Mann! ich habe sie verkauft — Harry hatte keine Schuh — ich hoffte, sie würde es nicht bemerken —

Marw. (setzt schmerzhaft vor sich nieder.)

Arab. Beste Mutter! werden Sie mir verzeihen? Sie wissen, daß es immer mein Amt war, Ihre Tasse selbst zu waschen; ich bin jederzeit so vorsichtig damit umgegangen, und gestern — weiß Gott, wie es kam — ich habe sie zerbrochen.

Mutter. Zerbrochen? — ey! ey! nun, nun, Frau Tochter, mein altes Herz wird doch auch endlich brechen — wie gesagt, es wird immer ärger von Tage zu Tage. Die Bibel ist fort, die Sparbüchse zum Henker, die Tasse zerbrochen — Sohn! Sohn! wenn das dein Vater wüßte! — Gedenke seiner letzten Worte: „mein Segen werde dir Fluch, wenn deine Mutter je über dich klagt!"

— Nun, ich klage nicht — ich will deines Vaters Segen nicht in Fluch verkehren — ich will dulden und schweigen. — Komm, Harry, führe mich in mein Zimmer, und reite dort auf deinem Steckenpferde, und mache brav Lärm, daß mein Herz und deiner Eltern Gewissen davon betäubt werden. (Sie geht von Harry and Hanne geleitet.)

Siebente Scene.

Maxwell und Arabelle.

Maxw. (bitter lachend) Ha! ha! ha!

Arab. (ihre Hand auf die seinige legend) Guter Robert! Vertrauen auf den Gott der Liebe.

Maxw. (zieht seine Hand zurück und besieht sie) Was ist das? Blut?

Arab. Ich habe mich beym Nähen in die Finger gestochen.

Maxw. Laß sehn — mein Gott! — deine Finger sind ja alle wund?

Arab. (scherzend) Das kömmt von der verdammten Eitelkeit, hübsche Hände zu haben. Die Haut wird endlich so fein, daß sie keine Arbeit verträgt.

Maxw. (tief erschüttert) Großer Gott!

Arab. Wie du das nun wieder nimmst. Wie oft hast du in der Mittagshitze geschrieben, daß dir der Schweiß über die Backen lief. Ist ein Schweißtropfen denn weniger werth als ein Blutstropfen?

Maxw.

Marw. Erbarme dich, du Urheber meines unwillkührlichen Daseyns! zeige mir ein ehrliches Erwerbsmittel, es sey so gering es wolle! — Ach Arabelle! ich habe alles versucht! ich bin diesen Morgen von Haus zu Haus gegangen, ich habe mich um den kärgsten Lohn zum Schreiber verdingen wollen — umsonst! man bedarf meiner nicht. — Gott! du weißt, als ich noch im Wohlstande lebte, wäre ein Unglücklicher zu mir gekommen — ich hätte ihn die Zeitungen abschreiben lassen, um ihm nur ein paar Schilling zu verdienen zu geben.

Arab. Was heute nicht gelang, wird Morgen gelingen.

Marw. Schreiben — rechnen — und ein ehrlicher Mann seyn — das ist Alles, was ich weiß. In meiner Jugend lernte ich zum Zeitvertreibe drechseln. Gestern hab' ich es versucht; ich wollte Kinderspielwerk drechseln, und es zu Markte bringen; aber da muß ich gerade vor zwey Monaten den Fuß brechen, und nun ist der Fuß noch zu schwach, um das Rad in Bewegung zu setzen.

Arab. Unser Glücksrad wird sich endlich drehen.

Marw. Ich sage dir: der Fuß ist zu schwach.

Arab. Wir leiden unverschuldet.

Marw. Ist das Trost?

Arab. Gewiß, Robert! ein mächtiger Trost! der Hunger nagt nur, wo das Gewissen nagt;

Verzweiflung wohnt nur bey Verbrechen; die Hoffnung ist nur dem Redlichen süß, und das Vertrauen ein Gefährte der Unschuld.

Marw. Hoffnung? worauf? — Vertrauen? auf wen?

Arab. Auf Gott und Menschen.

Marw. Menschen? ha! ha! — wärst du diesen Morgen Zeuge gewesen —

Arab. Hast du denn deine Noth geklagt?

Marw. (stolz) Geklagt? bewahre der Himmel!

Arab. Wie konnten die Menschen errathen —

Marw. Das ist es eben, so sind die Menschen. Wer nicht mit hölzernen Beinen und mit Lumpen bedeckt vor ihnen erscheint; wer nicht brav schreyen kann: ich bin elend! ich flehe um ein Allmosen! an dem gehen sie fühllos vorüber. Die Spuren des Grams auf blassen Wangen suchen; dem Schüchternen helfen, dem die Schaam den Mund verschließt, das mag keiner.

Arab. Hast du selbst es nicht oft gethan? und wärst du so stolz, dich für den einzigen guten Menschen zu halten?

Marw. O nein, nein! aber wo — doch halt! ich habe Unrecht — Einen fand ich doch — diesen Morgen —

Arab. Nun?

Marw. Der Einzige, von dem ich im Fieberdurst keinen Tropfen Wasser nehmen würde.

Arab. Ich verstehe dich nicht.

Marw. (nach einer Pause) Malwyn.

Arab. Ach der! — nein, von dem mußt du auch nichts nehmen, ob er gleich mehr als irgend Einer das gute Zutrauen edler Seelen verdient.

Marw. Wir trafen einander bey der St. Paulskirche. „Guten Morgen, lieber Maxwell, wie „geht es?" — Recht gut. — „Sie sehen übel „aus?" — Ich habe, wegen eines Beinbruchs, einige Wochen das Bett hüten müssen, das hat mich mitgenommen. — Er sah mir starr in die Augen. Ich mochte wohl verstört genug aussehn. Er ergriff meine Hand — ich guckte. „Sollten „Sie einen Freund brauchen?" sagte er mit einer Stimme, die aus jedem andern Munde mich gerührt haben würde. Ich zwang mich zu lächeln. Freunde braucht man immer, antwortete ich hingeworfen. — „Sie wollen mich nicht verstehn, „erwiederte er, und ich errathe vielleicht warum. „Einen wahren Freund sollte man nie zurückstoßen, „er erscheine, in welcher Gestalt er wolle. Kön„nen Sie mich brauchen, so prüfen Sie mich, und „nennen Sie mich einen Schurken, wenn ich in „der Prüfung nicht bestehe." Hier drückte er mir fest die Hand und eilte davon.

Arab. (bewegt) Malwyn ist ein braver Mann.

Marw. (nach einer Pause, in welcher er Arabellen mit einiger Unruhe beobachtet) Ich hätte dir das freylich nicht erzählen sollen.

Arab. (sanft verweisend) Warum nicht?

Marw. Ein Mann, den du einst liebtest —

Arab. Ich bin seit acht Jahren dein Weib.

Marw. Ein Mann, der dich gewiß noch liebt —

Arab. Männer, wie er, dürfen mich lieben.

Marw. Dem du ohne meine Zwischenkunft deine Hand gereicht haben würdest —

Arab. Nichts mehr davon!

Marw. Der arme Malwyn mußte dem reichen Maxwell nachstehn; nun ist Malwyn reich, und Maxwell ein Bettler.

Arab. Vermehrt das seinen Werth? oder vermindert es den deinigen?

Marw. Ohne mich wärst du jetzt ein glückliches Weib!

Arab. Bin ich denn unglücklich?

Marw. (hebt ihre Hand auf, und deutet auf die wunden Finger.)

Arab. Das ist keine Antwort. Solche Wunden heilen leicht. — Hab' ich denn nichts mehr, das mich beneidenswerth vor vielen macht? — ich bin die Mutter eines liebenswürdigen Knaben; ich bin das Weib eines redlichen Mannes; er ist verarmt, aber nicht an Liebe zu mir; um seine Glücksgüter hat man ihn betrogen, um sein häusliches Glück soll ihn Niemand betrügen. Freude geben und empfangen — wer das noch kann, darf der sich unglücklich nennen?

Marw. Braves Weib! du wirst den quälenden Gedanken nicht in mir vertilgen, daß ich dich in mein Elend gezogen. Als ich um dich warb, und der arme Malwyn schüchtern zurücktrat — ihm gehörte damals dein Herz —

Der Opfer-Tod.

Arab. Ja, ich liebte ihn, ich bekannte es dir, und meine Offenheit erwarb mir damals dein Zutrauen. Sollte ich durch eben dieß Geständniß es heute wieder verscherzen?

Maxw. Mein wurdest du, weil dein Vater es wünschte — weil du arm warst, und einer anständigen Versorgung bedurftest —

Arab. Und jetzt bin ich dein, durch meine Wahl; jetzt hat die Natur ihr stärkstes Band um uns geschlungen: du bist Vater meines Kindes.

Maxw. Das deine schwache Hand ernähren muß.

Arab. Der Priester, der uns verband, sprach von Wohl und Weh.

Maxw. Wehe! wehe über mich armen Mann! dieß edle, geliebte Weib, könnte glücklich seyn an der Seite eines Biedermannes! aber da kam der reiche Maxwell, der ein paar tausend Pfund — nicht erworben — sondern von seinem Vater ererbt hatte — der benutzte diesen elenden Vorzug — der kaufte sich ein Herz, das Peru nicht bezahlt — der stahl das beste Weib, um — um es verhungern zu lassen! — Wehe! wehe über mich armen Mann! (er wird schwach, sucht es zu verbergen, und hält sich an der Lehne eines Stuhls.)

Arab. Wie sinnreich du bist dich zu quälen. Was fehlt uns denn? wir sind arm, das ist es Alles. Kann nicht ein einziger Augenblick Alles umstalten? — Als wir gestern das Kind unsers Nachbars begraben sahn, das einzige Kind — als der Vater so abgehärmt hinter dem Sarge wankte

— und der Mutter Geheul aus dem Fenster zu uns herüber tönte — sagtest du da nicht selbst: die armen Leute sind doch unglücklicher, als wir?

Marw. Das Kind ist aber doch nicht verhungert?

Arab. Unser Kind wird auch nicht verhungern. Es hat eine Mutter, die — wenn sie nicht mehr arbeiten kann — sich nicht schämen wird für ihr Kind zu betteln.

Marw. (wankt und muß sich setzen.)

Arab. Lieber Robert, was ist dir? bist du krank?

Marw. O nein — mir ist recht wohl — nur ein wenig matt —

Arab. Kein Wunder, du warst seit dem frühen Morgen auf der Straße; hast vielleicht noch nicht einmal gefrühstückt?

Marw. O ja.

Arab. Wo?

Marw. Auf dem Kaffeehause.

Arab. Robert, ich weiß, du hattest kein Geld.

Marw. Ich hatte noch ein paar Schilling.

Arab. Seit einigen Tagen scheinst du dich absichtlich zu entfernen, wenn unser karges Mittags- oder Abendbrod auf den Tisch gesetzt wird —

Marw. (mit einiger Bitterkeit) Habt ihr Ueberfluß, so bittet Gäste.

Arab. Robert, ich will nicht hoffen, daß du dir das Nothwendige entziehst? — (sehr ängstlich)

Robert, sieh mich an; wo hast du in den letzten Tagen gespeist?

Marw. (zwingt sich zu lächeln) Du meinst wohl gar, ich habe gehungert? — Sey ruhig, liebe Arabelle. Ich habe eine Menge Bekannte; sie mögen wohl alle herzlich bang seyn, daß ich sie um Hülfe anspreche; aber einen Löffel Suppe giebt mir noch ein jeder gern.

Achte Scene.

Ein Bedienter bringt einen Brief.

Der Bediente. (indem er den Brief abgiebt) An Robert Maxwell. (er will gehn.)

Marw. Bedarf es keiner Antwort?

Der Bed. Nein. (er geht ab.)

Marw. (liest) „Der Banquier Eduard Gib„son hat Ordre, dem Herrn Robert Maxwell eine „Summe von tausend Pfund vorzustrecken, um „seine unterbrochenen Geschäfte fortzusetzen. Wenn „das Glück ihm einst wieder lächelt, wird sein „Gläubiger sich melden."

Arab. Nun, Robert? giebt es noch gute Menschen?

Marw. (sitzt lange in tiefen Gedanken, dann sieht er wieder starr auf den Zettel) Ich kenne die Hand nicht.

Arab. Was liegt daran? es ist die Hand eines Biedermannes.

Marw. (nach einer Pause, steht auf, und hält Arabellen das Papier vor) Kennst du die Hand?

Arab. (wirft einen flüchtigen Blick darauf) Nein.

Marw. Arabelle! — du hast mich noch nie getäuscht — ich beschwöre dich bey dem Leben unsers einzigen Kindes! kennst du die Hand?

Arab. (stockt)

Marw. Es ist Malwyns Hand? nicht wahr?

Arab. (bricht in Thränen aus und entfernt sich)

Marw. (allein) Nein! — nein! — lieber verhungern! — Stehen will ich — oder fallen — aber erdrücken soll man mich nicht.

Neunte Scene.

Der Hauswirth und Marwell.

Wirth. Nun Sir? guten Morgen, Sir.

Marw. Guten Morgen, mein Freund.

Wirth. Hübsche Zimmer sind hier im Hause, nicht wahr?

Marw. O ja.

Wirth. Nette Zimmer, bequem und elegant. Aber sie kosten auch feines Geld, bey meiner armen Seele!

Marw. Das glaub' ich wohl.

Wirth. Schweres Geld, sauer verdient; habe auch nichts hinter Leib und Seele, als dieses

Haus; muß von dem Miethzins leben, Sie verstehn mich wohl?

Marw. O ja, ich verstehe.

Wirth. Sie sind ein feiner Herr, Sir, ein höflicher Herr, aber seit vier Monaten habe ich keinen Schilling gesehn.

Marw. Es thut mir herzlich leid —

Wirth. Mir auch; aber das kann mir nicht helfen, ich muß mein Geld haben.

Marw. Ich bitte noch um Geduld —

Wirth. Ja, ja, Geduld ist eine schöne Tugend, und wer brav Geld hat, der kann so geduldig seyn, als ein Lamm. Aber bey mir heißt es: aus der Hand in den Mund; denn der Magen weiß nichts von Geduld.

Marw. Lieber Mann, nur noch einige Tage.

Wirth. Ein Tag hat vier und zwanzig Stunden, und in vier und zwanzig Stunden muß man dreymal essen. Kurz und gut; ich kann nicht länger warten. Morgen erhalte ich mein Geld, oder ich schaffe Ihnen eine Wohnung, die Sie keinen Heller kosten soll. Verstehn Sie mich, Sir?

Marw. Harter Mann.

Wirth. Hart oder weich, nachdem es kommt. Wenn ich Geld sehe, bin ich weich wie Wachs.

Marw. Sie werden doch eine siebzigjährige blinde Frau nicht aus dem Hause werfen?

Wirth. Werfen? bewahre der Himmel! wer wollte so unchristlich seyn? ich werde sie ganz säuberlich heraus führen lassen.

Marw. Und auf die Straße setzen?

Der Opfer=Tod.

Wirth. Was geht das mich an? habe ich denn mein Haus gebaut, um ein Hospital für blinde Frauen daraus zu machen?

Marw. (auffahrend) Mensch! packe dich! so lange ich diese Zimmer bewohne, bin ich Herr darin.

Wirth. Sehr wohl. Die Herrschaft wird wohl am längsten gebauert haben. Seht doch! mich fortpacken? — mein feiner Herr! so darf man nur reden, wenn man Geld in der Tasche hat. Reiche Leute dürfen grob seyn, das verträgt man, das ist Herkommens. Geld macht Alles gut, aber ohne Geld muß der Erste Lord sich bücken, sonst wandert er nach Newgate. Haben Sie mich verstanden? (ab.)

Zehnte Scene.

Marwell allein.

Wohl habe ich dich verstanden. Weib und Kind am Bettelstabe — meine alte blinde Mutter auf der Straße — und ich im Kerker! — Belton! Belton! du, der du deine Gläubiger bestahlst, und durch einen muthwilligen Banquerout auch mich ins Elend stürztest! —wenn du diesen Jammer einer schuldlosen Familie sähest — o! noch habe ich nie einem Menschen geflucht — Belton! — ich fluche dir!

Eilfte Scene.

Ein Jude und Marwell.

Jude. Guten Tag, Sir.
Marw. Den gebe mir Gott!
Jude. Sie sind mir funfzig Pfund schuldig.
Marw. Allerdings.
Jude. Können Sie mich bezahlen?
Marw. Nein.
Jude. Das ist schlimm.
Marw. (zuckt die Achseln)
Jude. Ich habe Ihren Wechsel.
Marw. Ich weiß es.
Jude. Und wissen auch, was ich thun kann?
Marw. Mich ins Gefängniß führen.
Jude. Ich thäte es aber ungern.
Marw. Auch dafür danke ich.
Jude. Sie waren sonst immer ein ordentlicher braver Mann.
Marw. Brav bin ich noch.
Jude. Sie zahlten pünktlich.
Marw. Jetzt bin ich ruinirt.
Jude. — Hm! — was soll ich machen?
Marw. Was Sie wollen. Doch ehe Sie sich entschließen, gehen Sie hier in dieses Zimmer, Sie werden dort eine blasse Frau finden — und ein kleines Kind — und eine alte blinde Matrone —

Der Opfer-Tod.

Jude. Aber Sir — nehmen Sie mirs nicht übel — Sie sind ein Mann von Kenntnissen, an Fleiß gewöhnt —

Marw. Herr! seit drey Tagen laufe ich herum wie eine Ameise, und suche ein Geschöpf, das mir um Arbeit Brod gebe — Herr! — Sie sind ein Jude — Ihnen will ich es sagen — keinen Christen! — seit zwey Tagen ist kein Bissen über meine Zunge gegangen.

Jude. (greift hastig in die Tasche, faßt gerührt Marwells Hand, und will ihm seinen Beutel hinein drücken.)

Marw. (verweigernd) Nein — nein, das kann ich nicht.

Jude. Warum nicht? weil ich ein Jude bin?

Marw. Pfuy! wenn ich so dächte, so verdiente ich mein Unglück.

Jude. So nehmen Sie.

Marw. Ich kann es nicht wieder bezahlen.

Jude. Der Gott meiner Väter wird es mir bezahlen.

Marw. O Gott! wenn du mich zur Arbeit bestimmt hattest, warum pflanztest du diesen Stolz in meine Brust! — Nein, Freund, Ihr Almosen kann ich nicht nehmen. Schaffen Sie mir Arbeit, und ich will Ihnen danken. Geben Sie mir Aufschub wegen der Wechselschuld, und ich danke Ihnen mit Weib und Kind.

Jude. Sir, ich habe Ihre Umstände nicht gekannt. Ich wäre nicht hergekommen. Bey dem Gott meiner Väter! ich wäre nicht hergekommen. Leben Sie wohl, Sir. (Er zerreißt den Wechsel und wirft ihn hin.) Da liegt der Bettel. (Er geht schnell ab.)

Marw. Jude! Jude! (er will ihm nacheilen, der Jude ist verschwunden) Ja, es giebt noch Menschen — nur nicht unter Christen. Ich Dummkopf! der ich auf der Börse an jedem Israeliten vorübergieng, als sey die Menschenliebe dieses Volkes im rothen Meere ersoffen. Ich Dummkopf! der ich die große Wahrheit vergaß: daß unter hundert Fällen neun und neunzig mal der Verachtete besser ist, als der Verächter. — Ja, ich will noch einmal herum wanken — das Bild meines Jammers an allen öffentlichen Plätzen zur Schau stellen. — Dieser Jude hat das Fünkgen meines Glaubens an die Menschheit wieder angeblasen. Unter Einer Million Einwohner werde ich doch Einen finden, der einen Gevatterbrief zu schreiben, oder ein Inventarium zu berechnen hat.

Zwölfte Scene.

Harry und Marwell.

Harry. Vater, ich bin satt, verwahre mir diese Semmel.

Marw. Ich dir eine Semmel verwahren? Kind, lieber zehn Diamanten, als Eine Semmel.

Harry. Diamanten habe ich nicht.

Marw. Zeige mir doch diese Semmel. (der Knabe giebt sie ihm) Du bist jetzt satt, sagtest du?

Harry. Ja, ich bin satt. (Er beschäftigt sich mit einem Spielwerk. Lange Pause. Marwell kämpft mit sich, ob er die Semmel essen soll oder nicht. Endlich spricht er:) Wann eher wirst du wohl wieder hungrig werden?

Harry. O recht bald.

Marw. Bald? (er legt die Semmel auf den Tisch und wendet sich unruhig weg) Wie lange ists noch bis zum Mittag?

Harry. Noch eine Stunde.

Marw. (blickt gierig auf die Semmel) Vormittag wirst du wohl nichts weiter essen?

Harry. Nein.

Marw. (streckt die Hand nach der Semmel aus.)

Harry. Aber ich bekomme jetzt immer so wenig.

Marw. Wenig? (er zieht die Hand zurück.)

Harry. Die Mutter giebt mir wohl oft von ihrem Teller, aber sie hat selbst nicht viel.

Marw. (hastig) Da! da! verwahre deine Semmel.

Harry. Und der Phylax — ach Vater! der arme alte Phylax! alle Rippen stehen ihm heraus. Gestern hat er unten in des Wirths Küche einen Knochen gestohlen, da haben sie ihn so geprügelt —

Marw. Meinen Phylax? Kind, du irrst dich. Der alte Hund kann kaum mehr kriechen.

Harry. Er ist doch die Treppe hinabgekrochen. Er muß wohl recht hungrig gewesen seyn.

Marw. Guter alter Phylax! — du hast mich einst aus Räuberhänden gerettet — ich versprach dir das Gnadenbrod — Geh Harry, gieb deine Semmel dem Phylax.

(Er rennt fort.)

Harry. (indem er mit der Semmel hineinläuft) Phylax! Phylax!

Ende des ersten Akts.

Zweyter Akt.

Ein öffentlicher Garten. Im Hintergrunde ein Farotisch, um welchen Dempster und verschiedene andere Spieler, sitzen oder stehn. Weiter vorne, so viel als möglich abgesondert, sitzt Harrington bey einer Flasche Wein; er hat das Kinn auf den Stockknopf gestützt, und scheint wenig von dem zu bemerken, was um ihn her vorgeht. An der andern Seite Dumfries, eine Pfeife schmauchend. Maxwell geht schwermüthig umher, wirft forschende Blicke bald auf Harrington, bald auf Dumfries, und bleibt dann wieder einen Augenblick am Spieltisch stehn. Verzweiflung, Menschenhaß und bitterer Hohn, erregen in seinem Gesichte unwillkührliche Zuckungen.

Man hört eine Zeitlang aus dem Hintergrunde nur einzelne Worte, die auf das Spiel Bezug haben, als: Aſs et Sept — cinq et roi — paroli — Dame et Dame — plié u. ſ. w.

Erste Scene.

Dempster. (der bem Banquier zur Rechten ſaß, ſteht auf, tritt vor, beſchaut Maxwell vom Kopf bis zu den Füßen, und winkt ihm.)

Maxw.

Marw. (nähert sich zweifelhaft) Gilt der Wink mir, mein Herr?

Dempst. Ja, Sir, ich wünschte Ihre Bekanntschaft zu machen.

Marw. Ein sehr bescheidener Wuhsch. Kann ich Ihnen in irgend etwas dienen?

Dempst. Ich glaube ja.

Marw. Mit Freuden.

Dempst. Wenn ich mich nicht in Ihnen irre —

Marw. Halten Sie mich für einen ehrlichen Mann, so irren Sie sich nicht.

Dempst. Ehrlich — ja — allerdings — unter uns sind wir die ehrlichsten Leute von der Welt.

Marw. Ich verstehe Sie nicht.

Dempst. Das heißt: was wir durch unsere Geschicklichkeit erwerben, berechnen wir einander gewissenhaft. Wenn zum Beyspiel Einer von uns in Bauxhall spielt, und der Andere in Ranlagh, so theilen wir den Gewinnst bis auf die letzte Krone, und keiner verschweigt dem Andern Einen Schilling.

Marw. Sehr wohl, mein Herr, doch welche Beziehung hat das auf mich?

Dempst. Sie sind schlau, aber ich habe Sie durchschaut. O ich kenne meine Leute. Stellen Sie mir den ersten, besten Fremden an den Farotisch, und in einer Viertelstunde will ich Ihnen auf ein Haar sagen, wie viel er vom Spiel versteht.

Marw. Sie meinen also, ich verstünde das Spiel?

Dempst. (lächelnd) Verstellen Sie sich nur nicht; ich habe Sie lange beobachtet. Wir haben da einen Neuling unter uns, mit dem wir nicht zufrieden sind. Es ist der nehmliche, der jetzt die Karte abzieht. Ihre Blicke — das bittre Lächeln, mit welchem Sie einigemal auf seine Ungeschicklichkeit herab sahen, hat mich überzeugt, daß ich einen Meister in der Kunst vor mir habe, und es kömmt nur auf Sie an, meine Muthmassung durch einige Proben zu bestättigen, so ist Ihr Glück gemacht.

Marw. Wie mein Herr —

Dempst. Ich versichere Sie, mein Herr, Sie kommen unter eine Gesellschaft von braven lustigen Leuten, die die Welt als ein grosses Spielhaus ansehn, wo ein Jeder von seinen Talenten Bank macht, und nur derjenige übel fährt, der mit der verrufenen Münze der sogenannten Tugend pointiren will.

Marw. (mit Mühe an sich haltend) Wahrlich, mein Herr! Ihre Lehren sind mir so neu, als jenes Spiel, von dem ich in meinem Leben nichts verstanden habe.

Dempst. Sie scherzen. Vielleicht sind Sie schon mit einer andern Gesellschaft verbunden? — auf diesen Fall — (er legt den Finger auf den Mund) Wer die Kunst versteht, verräth den Meister nicht. Sollten aber Bedenklichkeiten Sie abhalten — Mißtrauen in meinen Karakter? — ich bin ein Mann von Ehre, ich lebe in den ersten

Häusern. Erkundigen Sie sich nach mir, mein Nahme ist Baron Dempster. Diesen Abend finden Sie mich in Drurylane, in der Loge No. 12. (Er verläßt Marwell, und setzt sich wieder zum Spiel.)

Marw. (bleibt mit verschränkten Armen stehen) Also — wenn ich ein Schurke werden will, so habe ich Brod im Ueberfluß. Vortrefflich! — Ein Schurke? nein! — Baron Dempster ist ja ein Mann von Ehre — er lebt in den Ersten Häusern — (bitter lachend) O! über eure Ersten Häuser! Ha! ha! ha!

Zweyte Scene.

Flood tritt auf, und geht, neugierig suchend, zwischen den Anwesenden umher.

Marw. (erblickt und beobachtet ihn) Siehe da, ein Mensch, der etwas zu suchen scheint. Möchte er Arbeit brauchen! Arbeit, der ich gewachsen bin!

Flood (nähert sich ihm und begafft ihn.)

Marw. Mein Herr, wenn Sie einen Menschen suchen, der gern etwas verdienen möchte, so haben Sie ihn in mir gefunden.

Flood. Recht, mein Herr, ich suche einen Solchen.

Marw. O geschwinde! wenn der Dienst nicht meine Kräfte übersteigt —

Flood. Es ist der leichteste Dienst von der Welt. Ich habe einen Prozeß. Mein Gegner hat drey Zeugen aufgestellt. Ich brauche deren

ſechs, um das Gegentheil zu beſchwören. Fünf
habe ich bereits gefunden. Wollen Sie der ſechſte
ſeyn, ſo iſt eine Guinee in einer halben Stunde
verdient.

Marw. Ich? — Zeuge? — in einer Sache,
die mir völlig unbekannt iſt?

Flood. Was ſchadet das? — Sie kennen doch
unſere Richterſtühle? unſere Geſetze? — Man
klingelt, Sie treten vor — man fragt, Sie antworten, was ich Ihnen in den Mund lege —
man läßt ſie die Bibel küſſen, Sie gehn Ihre
Wege, haben eine Guinee in der Taſche, und thun
damit, was Sie wollen.

Marw. Und was thue ich mit meinem Gewiſſen?

Flood. Pah! als ob dergleichen hier in London nicht täglich geſchähe? — Ueberdieß iſt
meine Sache die gerechteſte von der Welt: ich
ſtreite gegen einen Betrüger, einen muthwilligen
Banqueroutier, einen gewiſſen Belton.

Marw. (fährt zuſammen) Belton?

Flood. Ja. Kennen Sie den Mann?

Marw. Ob ich ihn kenne? — Allerdings
kenne ich ihn.

Flood. Nun, Sie werden ſchwerlich viel
Gutes von ihm zu ſagen wiſſen.

Marw. Nein, wahrlich! Aber mein Herr,
wenn ich auch von Ihrer Sache vollkommen un-
terrichtet wäre — gegen dieſen Belton kann ich
gar nicht zeugen.

Flood. Warum nicht?

Marw. Er iſt mein Feind.

Floyd. Desto besser!

Marw. Er hat mich ins Elend gestürzt.

Floyd. Ey, desto besser! um so wärmer wird Ihr Zeugniß ausfallen.

Marw. Meinen Sie? — nein, Sir, ich bin sehr arm, eine Guinee wäre ein Schatz für mich; aber um diesen Preis mag ich sie nicht verdienen.

Floyd. Nach Belieben. Zwey von meinen Zeugen kosten mich nur die Hälfte, und ich wette, ich finde deren noch ein Dutzend, ehe es Abend wird. (Er entfernt sich.)

Marw. (sieht ihm mit starren Blicken nach) Gott! wo ist der Maaßstab für moralischen Menschen-Werth! — Wer mir ein Schnupftuch stiehlt, den darf ich fest halten, und an den Galgen führen — und solche Menschen wandeln herum, man nimmt den Hut vor ihnen ab, und nennt sie Gentlemen.

Dritte Scene.

Hans Hartop trägt eine Last über die Bühne, setzt sie einen Augenblick ab, streicht sich die Haare aus dem Gesichte, und wischt sich den Schweiß von der Stirn.

Marw. Du trägst schwer, guter Freund?
Hartop. Sehr schwer.
Marw. Wo gedenkst du hin mit deiner Last?
Hartop. Nach Goldensquare.
Marw. Das ist noch weit.

Hartop. Freylich.

Marw. Wie viel verdienst du damit?

Hartop. Einen Schilling.

Marw. Das ist wenig.

Hartop. O, ich verdiene wohl des Tages drey bis vier Schilling.

Marw. Kannst du davon leben?

Hartop. Warum nicht?

Marw. Hast du Weib und Kind?

Hartop. Ein braves Weib und drey wackere Buben.

Marw. Die ernährst du alle mit deinem kargen Verdienst?

Hartop. Karg? warum denn karg? wir sind noch keinen Abend hungrig zu Bett gegangen, und des Sonntags trinken wir unsere Kanne Bier so gut als ein Anderer.

Marw. Und seyd froh dabey?

Hartop. Herzlich froh, Herr! wenn ich diesen Abend nach Hause komme, und die drey Jungen springen mir entgegen, und die Mutter trägt eine rauchende Schüssel voll Kartoffeln auf den Tisch — da schmeckts! Saperment! da schmeckts!

Marw. (bey Seite) Guter Gott! wenn der Mensch so wenig braucht, um zu leben und froh zu seyn, warum kann denn nur ich dieß wenige nicht finden! — laß mich doch versuchen, guter Freund, ob ich deine Last zu heben vermag?

Hartop. In Gottes Nahmen.

Marw. Lade sie mir auf die Schultern; ich will doch sehn, wie weit ich damit komme.

Der Opfer-Tod.

Hartop. (lachend) Ha! ha! wird wohl zu schwer seyn. (er ladet ihm den Pack auf, Marwell sinkt unter der Last zu Boden.)

Hartop. Sieht er, das geht nicht.

Marw. (steht auf und spricht schmerzhaft) Nein, das geht auch nicht!

Hartop. (indem er seine Last wieder aufpackt) Gott befohlen! unser Eins darf die Zeit nicht verplaudern (ab).

Marw. Thor! — Weichling! — du hast in zweyen Tagen kaum eine Tasse Thee getrunken, und willst Lasten heben. — (Er ringt schwermüthig die Hände) Armer Robert! so ist es denn so weit mit dir gekommen, daß du entweder ein Bösewicht, oder ein Bettler werden mußt! — Ach! für Arabellen sterben, wäre leichter, als für sie betteln! — Doch — mein Tod kann hier nichts bessern. Verkrieche dich, du hochfahrender Stolz! krümme dich, du ungelenker Rücken! es gilt Weib und Kind! es gilt eine alte blinde Mutter!

Vierte Scene.

Marwell nähert sich Harrington.

Marw. Mein Herr —

Harrington. (fährt, wie aus einem Traume in die Höhe) Was giebts?

Marw. Ich bin unglücklich, und ein Mann von Ehre ist es doppelt, wenn die Noth ihn zwingt, zudringlich zu werden.

Harr. (sieht ihn starr an.)

Marw. Ich bitte nicht um Almosen. Arbeit ist mein Wunsch.

Harr. Unglücklich? (er lächelt bitter) Lassen Sie doch hören. Sind Sie verheirathet?

Marw. Ich habe ein braves Weib.

Harr. Auch Kinder?

Marw. Einen wackern Buben.

Harr. Da haben wirs! die Antwort höre ich alle Tage. Weib und Kind, Kind und Weib, und immer unglücklich dabey. — Herr, Sie versündigen sich.

Marw. So sehr ich beyde liebe, so würde ich ohne Weib und Kind doch weniger elend seyn, denn ich würde allein hungern, und allenfalls verhungern.

Harr. Das ist also das ganze Elend? — Sie sind arm? — und Ihnen ist geholfen, wenn irgend ein gutherziger Mensch seinen Ueberfluß mit Ihnen theilt? — was soll denn ich sagen, Herr? der ich eine halbe Million im Vermögen habe, und dem Niemand helfen kann?

Marw. (verwirrt) Wie?

Harr. Sie können doch herumgehen, und klagen, und wenn Sie auch auf neun und neunzig fühllose Klötze stoßen, so wird doch endlich der hunderste Ihre Hand fassen, und sprechen: komm, ich will dir helfen. Aber ich — ich! — die Londner Bank ist reich, aber sie kann mir meinen Sohn nicht bezahlen — der König ist mächtig, aber er kann mir meinen Sohn nicht wieder geben! —

Der Opfer-Tod.

Marw. Ich bedaure, Sir —

Harr. Ich will nicht bedauert seyn. Ein reicher Mann findet immer Menschen, die ihn bedauern; aber eine Thräne! — eine Thräne! — ich habe keine, und für mich sind alle Augen trocken.

Marw. Ein Mann mit diesem Gefühl sollte vergebens Mitleid suchen.

Harr. O nein! Vettern und Muhmen tanzen genug um mich, und reiben sich die Augen mit Zwiebeln, und lachen hinter den Schnupftüchern, daß der alte Harrington nun kinderlos ist. Juchhe! da giebts eine fette Erbschaft. Ist er doch ein Siebenziger, lange kann ers nicht mehr machen.

Marw. Armer Mann!

Harr. Armer Mann! — Sehn Sie, Herr, mit einer halben Million im Vermögen zwinge ich Sie, der Sie Hülfe bey mir suchen, mich einen armen Mann zu nennen. Die Leute haben mich lange genug den reichen Harringtpn gescholten, aber Niemand wußte, worinn mein Reichthum bestand; Niemand wußte, daß mein Georg, mein einziges Kind! mein ganzer Reichthum war!

Marw. Und dieser geliebte Sohn starb?

Harr. O! wäre er nur gestorben! hätte ein Fieber ihn weggerafft, so würde ich doch wochenlang an seinem Bette gesessen, ihn gepflegt haben — Furcht und Hoffnung hätten doch in meinem Vaterherzen gewechselt — und — wäre die Krankheit schmerzhaft gewesen — so hätte vielleicht endlich die Liebe mir den Wunsch ausgepreßt: Gott! ende seine Leiden! — aber so — so — in der Blüthe seiner Jahre — in der Fülle seiner Kraft — Herr! er ist ertrunken — gestern beym Baden ertrunken! —

Marw. Armer Vater!

Harr. Armer Vater! — nicht mehr Vater! — Gestern, als die Sonne aufgieng, lebte mein Sohn noch — heute hat mir Niemand einen guten Morgen gebothen — ich stehe allein am offenen Grabe — Niemand wird mir die Hand drücken, und gute Nacht sprechen, wenn ich hinunter steige! —

Marw. War denn keine Rettung?

Harr. Keine!

Marw. Hat Menschenliebe nicht seit Jahren hier in London eine Gesellschaft zur Rettung der Ertrunkenen errichtet?

Harr. O ja!

Marw. Sind nicht schon Tausende durch dieses wohlthätige Institut gerettet worden?

Harr. O ja. Ich selbst bin ein Mitglied dieser Gesellschaft. Ich selbst habe hundertmal das Entzücken genossen, dem Weibe den Gatten, der Mutter den Sohn wieder zu schenken. Ich darf es ohne Ruhmredigkeit sagen: ich war immer Eines der thätigsten Mitglieder, das haben meine Brüder dankbar erkannt; sie sind zahlreich herbey gestürzt, sie haben kein Mittel unversucht gelassen — aber vergebens! — Stundenlang haben meine Lippen an den blassen Lippen meines Sohnes gehangen; Stunden lang habe ich meine letzten Kräfte aufgebothen, um ihm Athem einzuhauchen — aber vergebens! — Wund habe ich meine Kniee gelegen, heiser habe ich mich zu Gott geschrien — Gott hat mich nicht gehört! — Alles verloren! — ich habe nichts mehr als eine halbe Million, die ich in die Themse werfen würde, um meines Sohnes Stimme nur noch Einmal aus den Fluthen Vater! rufen zu hören. — — Gehn Sie, Herr, lassen Sie mich zufrieden. Sie haben mir den Mund zu klagen geöffnet, und ich will nicht klagen — Sie haben eine glühende Thräne in mein Auge gelockt, und ich will nicht weinen — ich will in meinem Schmerz ersticken! — und wenn Sie nun von Unglück reden — nachdem Sie das blutige, zerrissene Vaterherz gesehen haben — Herr, so sind Sie ein gemeiner Bettler. (er steht auf, und entfernt sich.)

Marw. O Mann! du thust mir Unrecht. Doch wer dürfte in solchen Augenblicken mit dir rechten? — Du hast nur Gefühl für deinen Ersten bittersten Schmerz. Du weißt nicht, daß es minder weh thut, sein Kind tod, als es hungern zu sehn. — — Die Zeit verstreicht. — O! diese Brust ist sonst auch empfänglich für fremde Leiden — aber jetzt rauschen sie an meinem Ohr vorüber, und bringen nicht in das gequälte Herz.

Fünfte Scene.

Maxwell nähert sich Dumfries.

Maxw. Mein Herr, ich glaube in Ihnen einen Geschäfftsmann zu sehn.

Dumfries. Geschäfftsmann? o ja, der bin ich.

Maxw. Könnten Sie vielleicht einen Menschen brauchen, der schreiben und rechnen, die doppelte Buchhaltung, französisch und deutsch versteht?

Dumfr. (betrachtet ihn eine zeitlang) Wie theuer?

Maxw. Um Lebens-Unterhalt.

Dumfr. Dazu könnte Rath werden.

Maxw. O mein Wohlthäter! mein Erretter!

Dumfr. Wollen Sie nach Indien gehn?

Maxw. (erschrocken) Nach Indien?

Dumfr. Ja, wenn Sie gute Zeugnisse aufzuweisen haben, so schaffe ich Ihnen eine Schreiberstelle bey der ostindischen Kompagnie.

Maxw. Ich bin verheirathet.

Dumfr. Das ist schlimm.

Maxw. Ich habe ein Kind — und eine alte blinde Mutter —

Dumfr. Dann kann ich Sie nicht brauchen. Wollen Sie aber Weib und Kind zurücklassen, so können Sie in wenig Tagen zu Schiffe gehn.

Maxw. Weib und Kind zurücklassen? mein Leben zurücklassen?

Dumfr. Wer spricht denn von Ihrem Leben?

Maxw. Nein, das kann ich nicht.

Dumfr. Nach Belieben. (Er klopft seine Pfeife aus) Ueberlegen Sie es. Sie sind ja nicht der Erste, der seine Frau im Stiche läßt, und werden auch nicht der letzte seyn. Wenn man Weib und Kind nicht ernähren kann, so thut man besser, sich von ihnen zu trennen. (er steht auf) Besinnen Sie sich. Sie finden mich des Vormittags im goldenen Anker, in Grosvenorsquare. (er geht ab)

(Das Spiel im Hintergrunde ist gehoben, und die Spieler haben sich nach und nach verlaufen.)

Sechste Scene.

Marwell allein.

Gott! der Erste Weg, den du aus diesem Labyrinth mir zeigst, ist mit Dornen besäet. — Arabellen verlassen? — meine alte blinde Mutter verlassen? — nimmermehr! — (Er geht in Verzweiflung auf und nieder) Bleibt mir denn kein anderes Mittel? — kann ich nicht eine Bürste nehmen, und den Vorbeygehenden an den Straßenecken die Schuhe rein bürsten? — O mit Freuden! wenn das meiner Familie Brod gäbe. — (Pause) — Soll ich den Spieler aufsuchen? — soll ich ihm stehlen helfen? Wäre es denn ein so großes Verbrechen, Einmal in meinem Leben zu stehlen, um Alles, was mir lieb und theuer ist, vom Hungertod zu retten? — — Pfuy, Marwell! gedenke deiner edlen Gattinn! gedenke ihrer wunden Finger! schlage ihrem Herzen keine Wunden. — (Pause) — Der dicke

Mensch hatte wohl Recht: besser sich von Weib und Kind trennen, als ihre Leiden mehren — weil ich ohne sie nicht leben kann, sollen sie darum ohne mich nicht leben? — ich will fort! ich will nach Indien! — Dummkopf! werden sie dann Brod haben? — O! könnte ich auf irgend eine ehrliche Weise ihnen Unterhalt versichern, noch in dieser Stunde wollte ich abreisen. Möchten sie dann mir nachweinen; möchten sie ihr Brod mit Thränen netzen; wenn sie nur welches hätten! — (Pause) — Gott! der du jedem Vogel sein Futter, jeder Lilie ihr Kleid giebst, laß einen Lichtstrahl auf mich fallen! zeige mir einen Versorger meines Weibes! — (er blickt mit starren Augen rings umher) Ueberall Gesichter — Menschengesichter — aber keine Menschen — (er fährt zusammen) Ha! da kommt Malwyn die Allee herauf! — (mit hohler Stimme) Malwyn! — (er bleibt plötzlich eingewurzelt stehn, und heftet sein starres Aug an den Boden) Was war das? — was fuhr mir da durch den Kopf? — hu! mich schaudert! laß dich festhalten, du seltsamer Fremdling! du hast eine häßliche Larve — bist aber doch vielleicht zum Retter meines Weibes erkohren. — Bleib! bleib! daß ich an deinen Anblick mich gewöhne. — (Pause) Was ists nun mehr? — Robert, fasse dich — was ists nun mehr? — du gehst nach Indien — du bist ja doch todt für Arabellen — und in ihrem Andenken lebst du, so lange dein Harry lebt — und die alte Blinde ist versorgt — und Arabelle versorgt — glücklich! — (schmerzhaft) glücklich? —

Nun ja, warum nicht? — soll sie elend seyn, weil du es bist? — liebst du sie? — liebst du sie wirklich, wie die Frau mit den wunden Fingern es verdient? — (mit stiller Größe) Wohlan! wahre Liebe weiß sich selbst zu opfern. — (Pause) Nein, es war kein böser Geist, der diesen Gedanken mir vorgaukelte — das Schicksal zeigt mir einen Weg — den einzigen! — der Egoismus soll mich nicht zurück zerren. — (er sieht Malwyn entgegen) Gott! laß mich den Mann finden, wie ich es wünsche! — Wie ich es wünsche? — nein, Robert! belüge dich nicht in deiner Abschiedsstunde — nicht wie ich es wünsche — wie ich es wünschen muß! —

Siebente Scene.

Malwyn tritt auf.

Marw. (geht in großer Bewegung auf ihn zu, und ergreift ihn bey der Hand) Guter Malwyn, Sie sind mir eine wohlthätige Erscheinung.

Malw. Das wäre mir herzlich lieb.

Marw. Ich habe viel mit Ihnen zu reden —

Malw. Wollen Sie mich in mein Haus begleiten?

Marw. (um sich schauend) Wir sind allein. Ich muß meinem Herzen Luft machen.

Malw. Sind Sie sehr bewegt — reden Sie.

Marw. Sie haben mir diesen Morgen Ihre Hülfe angebothen.

Malw. Es geschah von ganzem Herzen.

Maxw. Sie haben mir bald darauf ein so großmüthiges Geschenk übersandt —

Malw. Ich? Sie irren.

Maxw. Nein, ich irre mich nicht: Diese Zeilen sind von Ihrer Hand, Sie gruben sie in mein Herz: Das that der Mann, dem ich einst seine Geliebte raubte — der mich hassen sollte —

Malw. Wie könnte ich den Mann hassen, der Arabellen glücklich macht.

Maxw. Ich habe inniges Gefühl für die Zartheit Ihres Benehmens — aber Ihr Edelmuth beugt mich — ich war nie gewohnt Wohlthaten zu empfangen — drum bitte ich Sie: nehmen Sie Ihr Geschenk zurück. (Er drückt ihm das Papier in die Hand.)

Malw. Wie, Maxwell? Sie fühlen, daß ich es gut meine, und verschmähen dennoch meine Hülfe?

Maxw. Ich schäme mich nicht Sie in mein Herz blicken zu lassen. Nennen Sie es unbändigen Stolz; nennen sie es eine mich selbst quälende Grübeley — ich halte mein Gefühl für menschlich, und mag ihm nicht entgegen kämpfen — Malwyn — unter allen Sterblichen sind Sie der letzte, von dem ich Hülfe annehme.

Malw. Welche Grille!

Maxw. O! ein Mann, der so zart fühlt, wird dieß Empören meines Innern gegen Ihre Hülfe keine Grille schelten. Arabelle hat Sie geliebt. Diese Handlung stellt Sie in den Augen meines Weibes auf eine glänzende Höhe, zu der ich beschämt mit empor schauen müßte. — Und wenn dann

dann ein Seitenblick herab auf ihren Gatten fiele — der von den Wohlthaten Eines ehemaligen Nebenbuhlers lebt — wenn ich bey jeder Mahlzeit denken müßte — und sie es dächte — „die„sen Bissen gab uns Malwyn — daß wir satt „sind, ist Malwyns Werk" — nein! nein edler Mann! ich würde Ihnen danken, und — Sie hassen!

Malw. Armer Verirrter! Ihr Unglück zieht einen giftigen Nebel um ihre Einbildungskraft. Was sind mir tausend Pfund? — und will ich sie Ihnen denn schenken? — Ein Mann, wie Sie, kann fallen, aber Fleiß und Thätigkeit richten ihn schnell wieder empor. Dann zahlen Sie mir das Geld zurück — mit Zinsen, wenn Sie wollen — und sind mir nichts schuldig.

Marw. Und wessen Hand hätte mich emporgerichtet?

Malw. Wollen Sie denn Ihre Familie lieber darben lassen, als dieß allzu verfeinerte Gefühl unterdrücken?

Marw. Meine Familie wird nicht darben. Sie haben mich mißverstanden. Ich kann Ihre Hülfe nicht annehmen — Mir allein sollen Sie keine Hülfe leisten — nur mir nicht.

Malw. Wem sonst?

Marw. (sammelt sich. Nach einer Pause.) Malwyn! ich habe eine grosse Frage an Sie zu richten — eine grosse, ernste Frage.

Malw. (gespannt) Nun?

Marw. Lieben Sie Arabellen noch?

Malw. (ausweichend) Wozu das?

L

Maxw. Bey dem Glauben an ein höheres Wesen in uns und über uns! bey Ihrer Redlichkeit und meiner Verzweiflung beschwöre ich Sie! antworten Sie mir: lieben Sie Arabellen noch?

Malw. Mein Gott, Maxwell! was ist Ihnen? Ihre Lippen beben — Ihr Auge rollt —

Maxw. Sie, der Sie mir heute tausend Pfund schenken wollten, und jetzt so karg mit Einer Sylbe sind, erbarmen Sie sich meiner Angst! es rühre Sie der Zustand der Vernichtung, in welchem Sie mich erblicken.

Malw. Ob ich gleich nicht begreife, wie meine Antwort Sie aus diesem Zustande reissen könnte; so ist Ihre Aufforderung doch eben so dringend als sonderbar, und mein Gefühl so schuldlos, daß ich keinen Augenblick anstehe, Ihnen freymüthig zu bekennen: Ja! ich liebe Arabellen noch.

Maxw. Ist diese Liebe nur eine schwermüthige Rückerinnerung? oder ein lebhafter Traum von gestern? sind die Farben sanft verblichen? oder schimmern sie noch im Ersten Glanze?

Malw. Ein Mann, der seit acht Jahren Ihren Umgang mied; ein Mann, der die Rechte des Gatten und die Unschuld der Gattinn ehrte, darf ohne Bedenken antworten: ich liebe sie noch wie am Ersten Tage! sie war mir Alles, und ist mir Alles, und wird es bleiben bis in den Tod! — Jetzt, Maxwell, habe ich mich erklärt. Nun wünschte ich aber auch zu wissen, wozu eine solche Erklärung nöthig war? die alte Wunden aufreißt, und vielleicht neue schlägt.

Marw. Ich bin am Ziele meiner Frage — — der entscheidende Augenblick ist da. — (Pause. Er sammelt Muth, um weiter zu sprechen.) Malwyn! — wollen Sie meiner Mutter Sohn, meinem Kinde Vater — meiner Arabelle Gatte seyn?

Malw. Was soll das heißen?

Marw. Ja, nur unter dieser Bedingung vollbringe ich das Opfer. Ihren Handschlag als Bruder, daß Sie meine alte blinde Mutter pflegen, und mit Geduld tragen wollen, bis sie stirbt. Ihren Handschlag als Freund, daß Sie meinen Harry zum ehrlichen Mann bilden, und ihn einst versorgen wollen, wenn ich selbst es nicht kann.

Malw. Maxwell! wo hinaus schweift Ihre Einbildungskraft?

Marw. Und endlich — Ihren feyerlichsten Schwur, daß Sie das Glück meiner Arabelle schaffen — Thor! er liebt sie seit acht Jahren — als Gattinn wird er sie anbeten — nein, dieses Schwurs bedarf es nicht.

Malw. Mann! fasse dich! du bist wahnsinnig, du willst ein Selbstmörder werden! —

Marw. Nein, nein, das will ich nicht — ich will dem Hunger oder der Verzweiflung nicht vorgreifen. Ich bin bey Sinnen, guter Malwyn, ich weiß, was ich thue. Seit drey Tagen suche ich vergebens Brod-Erwerb. Ich muß meine Familie verschmachten sehn oder betteln — oder stehlen. — Hier endlich habe ich einen Mann gefunden, der mich füttern will, wenn ich nach Ostindien gehe.

Malw. Und Sie wollten —?

Marw. Fort! wenn mir Malwyn verspricht, für Weib und Kind und Mutter, mehr zu seyn als ich seyn konnte;" fort! wenn ich in dir einen Bruder zurücklasse.

Malw. Bleib! ich will dein Bruder seyn.

Marw. Nie sollen meine Augen die väterlichen Küsten wieder erblicken! nie soll meine Jammer-Gestalt eure Ruhe stören! — Kann ich einst durch mechanischen Fleiß wieder etwas erwerben, so schreibe ich dir, und du schickst mir meinen Harry — doch nur, wenn du selbst Vater bist — wenn die Mutter ihn nicht mehr vermißt. — Sieh, Malwyn, ich habe auch noch eine Hoffnung — ich bin nicht so ganz verarmt — es kann doch noch einst eine Stunde kommen, in der ich wieder froh seyn werde! — denke dir, Malwyn, den Greis, wie er an den Ufern des Ganges steht, und der Ankunft seines Sohnes harrt — (schwärmerisch) da springt ein Jüngling aus dem Schiff — ich wanke näher — erkenne Arabellens Züge, und stürze entzückt in seine Arme!

Malw. Guter Maxwell! Elend und Mangel haben deinen Kopf zerrüttet; ein Nebelstreifen hat sich vor dir gelagert, dein Unglück macht dich kurzsichtig; hinter dem Streifen ist es wieder hell. Vertraue mir; nenne nicht Wohlthat, was mir zu geben Bedürfniß ist. — Willst du aber auch meine Hand zurückstoßen — gut, so will ich meine Freunde aufbieten, ich will dir Mittel schaffen, dein Brod zu verdienen, je saurer, je besser — denn das scheinst du doch zu wünschen.

Der Opfer-Tod.

Marw. Wohlan! thu, was du kannst — verschaffe mir den niedrigsten, verachtetesten Dienst — trage diesen Göttertriumph über mich davon — ich will es dulden. — Aber kannst du mich so nicht retten — so überlaß mich dem Sturm meines Schicksals, und werde Arabellens Gatte. Versprichst du mir das?

Malw. Armer Kranker!

Marw. O versprich es mir, guter Mensch! versprich es dem armen Kranken. (er streckt beyde Hände bittend aus.)

Malw. Weiß Arabelle um dein Vorhaben?

Marw. Noch nicht.

Malw. Und du glaubst, sie werde einwilligen?

Marw. Wenn keine Pflichten mehr sie an mich binden, so wird ihre Liebe zu dir erwachen.

Malw. Geh, sage ihr, was du thun willst.

Marw. Ich habe dein Wort?

Malw. (reicht ihm seine Hand) Nun ja.

Marw. Mit diesem Handschlag vermähle ich sie dir. (Er wird schwach, und klammert sich an Malwyns Arm) Ha! nun bin ich wieder stark! die Meinigen sind gerettet! — habe Dank, Malwyn! (er fängt an in die Knie zu sinken) Warum wankst du, elender Körper? — den Geist sollst du mir nicht zu Boden werfen! (er sinkt um)

Malw. Um Gotteswillen! was ist dir?

Marw. Ich spotte des Hungers — Triumph! die Meinigen sind gerettet!

Malw. Wie? du hungerst? Mensch! du hungerst?

Marw. (sehr schwach) Seit zwey Tagen. (mit gesammelten Kräften) Triumph! die Meinigen sind gerettet!

Malw. (reißt das volle Glas vom Tische, welches Harrington unberührt stehen ließ) Barbar! trinke! trinke!

Marw. Darf ich trinken? die Meinigen dursten noch.

Malw. Trinke, und vertraue meinem Worte.

Marw. Ich vertraue deinem Worte. (er trinkt.)

Malw. Soll ich dir eine Sänfte bringen lassen?

Marw. Nicht doch, guter Malwyn, ich bin ja nicht krank. — Laß mich immer noch einen Augenblick auf diesem Boden liegen — es ist vaterländische Erde — es sind dieselben Blumen, die ich einst als Kind so gern blühen sah.

Malw. Du ängstigst mich — ich rufe einen Arzt herbey.

Marw. Du — du bist mein Arzt! (Er streckt seine Hand aus) Hilf mir auf. (Malwyn thut es) Sieh, ich stehe — meine Füße wanken nicht — meinst du, der Wein habe mich erquickt? — nein, Bruder! — dein Wort — die Rettung der Meinigen — das war der Lebenstrank! — es erschütterte mich nur, drum warf es mich nieder.

Malw. Und dein Hunger?

Marw. Rede doch nicht von meinem Hunger. Was ich gelitten, ist nicht der Rede werth. Höre Malwyn — kniee nieder und höre! — Seit fünf Wochen arbeitet Arabelle Tag und Nacht — ihre Augen sind roth und trübe — ihre Finger ſind wund — heute wollte ſie tröſtend ihre Hand auf die meinige legen — (heimlich) ſiehe da, das iſt ihr Blut — Begreifſt du nun, was in mir kocht? — Arabellens Blut klebt an meinen Händen — mit ihrem Blute hat ſie mein Kind und meine Mutter ernährt — dafür opfere ich ihr was mehr iſt als mein Leben — dafür opfere ich ihr meine Liebe! — Sieh, welch ein Weib ich dir ſchenke! — Jetzt will ich zu ihr — zum letztenmale — jetzt will ich ſie auf deinen Beſuch vorbereiten — in einer Stunde erwarte ich dich. — Leb wohl, mein Wohlthäter! — (mit Selbſtgefühl) In einer Stunde ehrſt du mich als den Deinigen. (er wankt fort.)

Achte Scene.

Malwyn allein.

(Er ſieht ihm lange nach) Da ſey Gott für! Ja, ich werde ſie wieder ſehen, und dieſer Freude nicht unwerth ſeyn. — Schweige, du begehrendes Herz! — gebricht es dir an Muth? — zage nicht! du wirſt ihre blutigen Finger ſehn, und der leiſeſte Wunſch wird verſtummen. — Rette die Geliebte deiner Seele! führe den Gatten und Vater in ihren Arm zurück, auf daß dein eignes Herz dir zuflüſtere: du warſt ihrer Liebe werth!

(er geht raſch ab.)

Ende des zweyten Akts.

Dritter Akt.

(Marwells Wohnung.)

Erste Scene.

Arabelle allein.

(Sie arbeitet, und hat Pope's Versuch über den Menschen aufgeschlagen vor sich liegend. So oft sie eine Stelle gelesen, macht sie eine Pause, und scheint über das Gelesene nachzudenken.)

Dichtkunst! wie edel ist deine Bestimmung, wenn du Leidenden Trost giebst! — Guter Pope! warum lernt nicht jeder Unglückliche deine Verse auswendig?

(Sie liest) „Nun geh in deiner Weisheit, die
„du träumest,
„Leg Gottes Vorsehung in deine
„Wagschal;
„Dagegen deinen Tadel; sprich in
„deinem Sinn:
„Gab er nicht hier zu viel? und
„dort zu wenig?"

Schäme dich, Arabelle! auch du hast gemurrt. (Sie blättert und liest:)

„Der milde Sonnenschein der Seele,
„die sanfte, innre Ruh im Herzen, die
„Nichts irrdisches zu geben oder nehmen
„vermag, ist nur, o Tugend! dein Gewinn."

Ja, ich kenne diese Ruhe — sie wohnt auch bey der Armuth — sie wohnt in meinem Herzen.

Zweyte Scene.
Hanne und Arabelle.

Hanne. Liebe Madam, als ich vorhin über die Strasse gieng, ist mir ein Herr begegnet, der hat mich freundlich angeredet, und gefragt: ob ich bey Mistriß Maxwell diente? und hat viel von Ihnen gesprochen, recht viel.

Arab. Kennst du ihn?

Hanne. Nein, aber er muß Sie wohl kennen, denn ich mußte ihm Alles erzählen, und er hörte mir so andächtig zu, als säße er in einer Predigt bey John Wesley. So oft er Ihren Namen nannte, wurde er so wehmüthig heiter, und die Augen standen ihm immer voll Wasser.

Arab. Genug, Hanne! (bey Seite) Ach es war Malwyn!

Hanne. Er fragte mich auch, ob Sie Geld brauchten?

Arab. Ich will nicht hoffen, daß du —

Hanne. Bewahre der Himmel! Nein, sagte ich, meine Madam arbeitet lieber Tag und Nacht; und, sagte ich, wenn Sie Manschetten kaufen wollen, oder Halstücher, meine Madam näht wunderschön, und wohlfeil. Da schien er vor Freuden ganz außer sich, und sagte: ich sollte meine Waare geschwinde, geschwinde holen, und bestellte mich auf das nächste Kaffeehaus ——

Arab. (verlegen und gerührt) Du weißt, Hanne, daß diesen Morgen das letzte verkauft wurde. —— Jetzt muß ich meine Finger ein paar Tage schonen —— geh, laß den wackern Mann nicht vergebens warten.

Hanne. Ach! er wird gewiß trübselig aussehn, wenn ich nichts mitbringe. (ab.)

Dritte Scene.

Arabelle allein.

Ist das die Ruhe, mit der ich prahlte? —— ist das die Tugend, auf die ich stolz war? —— der Name eines fremden Mannes erregt mir Herzklopfen, und jagt mir das Blut auf die Wangen? —— —— Fremd? —— ist Malwyn mir fremd?, —— kann er mir je fremd werden? —— Ach! ich habe ihn so sehr geliebt! —— Gott! du weißt, ob er es verdiente! —— Ach, ich liebe ihn noch! —— (sie weint sanft.) Er war meine Erste und einzige Liebe! —— Vernunft und kindliche Pflicht konnten ihn aus meinen Armen, aber nicht aus meinem Herzen reißen.—— Ist es ein Verbrechen, daß ich umsonst ihn zu vergeſſen ſtrebe? — Nein, Malwyn! nein, du Guter! dem ich einſt Treue ſchwur, und der mich ſo edel von meinem Schwur entband — deine Entſagung — dein ſtilles Dulden — deine heutige Großmuth — wo iſt ein Weg zum weiblichen Herzen, wenn es dieſer nicht iſt?

Vierte Scene.

Marwell tritt auf.

Arab. (Heiterkeit lügend) Willkommen, lieber Robert!

Marw. (geht unruhig auf und nieder. Dann bleibt er vor ihr ſtehn, verſucht einigemal zu reden, und kann nicht.)

Arab. Was iſt dir? — du haſt etwas auf dem Herzen?

Marw. (wiederholt dumpf die Worte:) Willkommen, lieber Robert! (nach einer Pauſe) Sprich, Arabelle, wird es dir ſchwer werden, zu ſagen: — leb wohl, lieber Robert?

Arab. Welche Frage? für Ehegatten iſt Lebewohl das Loſungswort des Todes.

Marw. Nicht immer. Es giebt Fälle, wo Vernunft und Liebe auch Ehegatten gebieten ſich zu trennen.

Arab. Vernunft? das verſteht ihr Männer beſſer. Liebe? das verſtehn wir beſſer. Das Gebot der Liebe heißt: wandelt Hand in Hand ins Grab.

Marw. Arabelle! — wenn du wähnen könntest, es sey nicht Liebe, die meinen lezten Odem für dich bewegt — es sey nicht Liebe, die meine lezte Muskelkraft für dich krampfhaft spannt —

Arab. Wohin führt dieser räthselhafte Eingang?

Marw. — — Wir müssen uns trennen.

Arab. Wir?

Marw. Ich habe einen Dienst gefunden —

Arab. Hast du?

Marw. Ich gehe nach Ostindien.

Arab. (erschrocken) Nach Ostindien? — (sie faßt sich) Wohlan, ich ziehe mit dir.

Marw. Nein, Arabelle, du ziehst nicht mit mir. Du darfst nicht mit mir ziehn.

Arab. Nicht? wo soll ich denn bleiben?

Marw. Hier — bey meiner alten blinden Mutter — bey unserm Harry —

Arab. Guter Robert, ich dulde willig jede Prüfung, die das Schicksal mir auflegt — aber daß auch du mich prüfen willst —

Marw. Höre mich, gutes Weib — ich habe mich gesammelt — unterbrich mich nicht, denn es macht mir Mühe zusammenhängend zu denken. — Höre, was unwiederruflich zu beschließen, der eiserne Arm der Noth mich zwang. — Könnte und dürfte ich dich auch mit mir nehmen, wäre ich auch fähig, zum Lohn für alle deine Opfer, dich in ein fremdes Land zu schleppen — so heischt doch hier die ewige Nacht meiner alten Mutter deine Hülfe. Soll ich ihr Sohn und Tochter und

Enkel rauben? — soll ich sie dem öffentlichen Mitleid Preis geben? — soll ich das Auge, das nicht einmal den Trost hat, uns zu sehn, mit glühenden Thränen beizen? — — Du, und ihr kleiner Liebling, ihr werdet den Schmerz über meinen Verlust ihr tragen helfen. — Du wirst sie nicht verlassen — auch wenn du nicht mehr ihren Namen trägst —

Arab. Nicht mehr ihren Namen?

Marw. Arabelle — diese Stunde ist eine ernste Stunde. — Mir, der ich in deinen Armen das höchste Glück der Liebe fand — mir, der ich deinen Besitz mit meinem letzten Herzensblut erkaufen würde — mir liegt deine Rettung näher als mein Glück — — ich stehe hier mit beklommener Brust — und nehme Abschied von meinem Leben — — und entsage dir feyerlich! —

Arab. Du? mir?

Marw. Pfuy des Elenden, der noch wanken könnte, wenn eigne Freuden, eigne Hoffnungen mit dem Glück der Geliebten auf Einer Wagschaale liegen. — Du reichtest mir deine Hand, weil dein Vater seine Ruhe an diese Verbindung knüpfte, und ich sollte meine Hand nicht zurückziehn, da deine Ruhe es seufzend heischt? — liebtest du deinen Vater mehr als ich dich? — Trotz sey euch geboten, ihr gepriesenen Helden des Alterthums! die ihr für eure Gattinnen nur zu sterben wußtet! — Ich kann mehr — ich kann mein Weib in eines andern Gatten Arme führen — mich verhüllen — und fliehn —

Arab. Robert! um Gotteswillen! welche Furie hat ihre Krallen in dein Herz geschlagen?

Maxw. Laß mich vollenden. — Ich gebe dir den Schwur der ehelichen Treue zurück — streiche die verflossenen acht Jahre aus deinem jungen Leben — vergiß, was ich dir war — nur vergiß meiner Liebe nicht! — du bist nun wieder frey — kannst mit Hand und Herzen schalten nach Gefallen — Malwyn liebt dich noch — belohne seine felsenfeste Treue — werde sein Weib — sein glückliches Weib! — nur vergiß meiner Liebe nicht! — — Er wird Harrys Vater — meiner Mutter Sohn seyn — er hat es mir geschworen — er wird Arabellens Jugend mit frischen Rosen schmücken — er wird die süßen Erinnerungen an eure Ersten, schuldlosen Freuden wecken — und wenn ihr Hand in Hand auf Blumen wandelt — die ich euch pflanzte — (mit höchster Rührung) so vergeßt meiner Liebe nicht! —

Arab. (stürzt in seine Arme) Mann, den ich zu schwach verehrte! Mann! zu welcher schwindelnden Höhe lässest du mich hinauf blicken! ich glaubte, dein biederes Herz ganz zu kennen, und du öffnest mir plötzlich einen Tempel, den ich schaudernd betrete. — Ich dich verlassen? — hätte ich dich auch nie geliebt, so würde dieser Tag mich unauflöslich an dich ketten. — Ich weiß auch, was gut und edel ist — so hoch dir nachfliegen kann ich nicht; aber fühlen, was du für mich thun willst, das kann ich, und daß ich es fühle, ist mein Stolz! — meine Beschämung — Ich dich verlassen? — versuche es nur dich

Der Opfer-Tod.

los zu winden — gehe wohin du willst, ich folge dir unter jede Zone — ich troße mit dir am Sübpol den Pfeilen der Wilden, und grabe mir mit dir am Nordpol eine Hütte in den Schnee!

Marw. (gerührt) Arabelle!

Arab. Nach Ostindien willst du? willst sehn, wie dort die Weiber auf dem Scheiterhaufen ihrer Männer, siegend und jubelnd sich in die Flammen stürzen? und willst heimlich des Weibes spotten, das seinen biedern Gatten fühllos in die weite Welt ziehen ließ, weil er — nicht hart — nicht treulos — weil er arm war? —

Marw. Arabelle!

Arab. Du bist der Vater meines Kindes — du hast die höchste irdische Wollust, die Mutterliebe mich gelehrt — meinst du, ich möchte wieder reich werden, wenn es mich nichts weiter kostete, als eine Hand voll Undank? — die Welt wird es mir nicht verargen — o ja! was verzeiht die Welt nicht, wenn Gold die Schande decket? — für eine Mahlzeit, für einen Ball, kann ich mir Freunde und Lobredner in Menge kaufen — aber hier! (sie schlägt an ihre Brust) hier! — giebt es ein elenderes Wesen auf Erden, als ein Solches, das seine Augen nie einwärts kehren darf! um nicht vor seiner eigenen scheußlichen Gestalt zu erschrecken. — Nein! Armuth und Mangel mögen an meinen Kräften nagen — mein Gewissen liegt auffer den Gränzen ihrer Macht — Nein! nein! Vater meines Kindes! ich lasse dich nicht! (Sie umklammert ihn.)

Marw. (schließt sie fest in seine Arme) Gott! welchen Augenblick haft du mir noch gewährt! — Tretet hervor, ihr Götter der Erde! und beneidet mir Armen meinen Reichthum! — Weib! ich glaubte das Maaß deiner Engelsgüte zu kennen, aber ein Weib übertrifft immer auch unsere kühnsten Erwartungen. — Genug, Arabelle! (er windet sich los) das Rad des Schicksals rollt unaufhaltsam, wir greifen vergebens in seine Speichen. — — Zwischen Trennung und Hungertod bleibt mir keine Wahl — — weine um mich, als um einen Todten — der redliche Malwyn wird diese Thränen nicht schelten.

Arab. Wie? noch immer dieser grausame Vorsatz?

Marw. Es ist beschlossen.

Arab. Wohlan! — du hast mir feyerlich entsagt — und ich erkläre dir hiermit eben so feyerlich, daß ich dir nie entsage! Geh nur — geh — schiffe dich ein — meinst du, ich würde kein Schiff finden, das eine trostlose Gattinn nach Ostindien trägt? — Mit meinem Harry an der Hand will ich im Hafen betteln gehn — mit meinem Harry an der Hand, will ich vor dem Ersten Schiffer niederstürzen, der im Begriff steht, seine Anker zu lichten. — Ich schwöre es dir, Robert, ich folge dir, so wahr mir Gott helfe!

Marw. Weib! bringe mich nicht zur Verzweiflung! zwinge mich nicht, in ein Land zu fliehen, wohin du mir nicht folgen kannst!

Arab. Es giebt kein solches Land.

Marw.

Marw. (zwischen den Zähnen) Jenseit des Grabes —

Arab. Auch dahin folge ich dir.

Marw. Mutter! du hast einen Sohn!

Arab. Sohn! du hast eine Mutter!

Marw. Ich verstehe dich, Arabelle — du willst mir das Opfer erleichtern — ich wollte deiner Liebe entsagen — und du begehrst nur mein Leben —

Arab. Du bist krank, Robert — sehr krank — ich will meinen Harry aufsuchen — der soll — was mir nicht gelang — den Geist der Schwermuth bannen — und Hoffnung in dein Herz lächeln. (sie eilt fort.)

Fünfte Scene.
Marwell allein.

Sterben! — wahrlich! sterben ist leichter. — Habe Dank, gutes Weib! du sprachst mein Todes-Urtheil. — Nein, in jenes unbekannte Land wirst du mir nicht folgen — dafür bürgt mir dein hülfloses Kind. — Ha! welchen Felsen hast du von meiner Brust gewälzt! — ich soll nicht nach Ostindien gehn — ich soll nur sterben — O! wie die neue Idee mich schnell und sanft durchwärmt vom Scheitel bis zur Sohle — ich war erstarrt — ich fror — da netzte Arabelle meine Zunge mit einem glühenden Tropfen, und die Glut rollt, wie ein elektrischer Funke, von Ader zu Ader. — Ja, mein Tod macht Alles wieder gut! — sie wird weinen — o gewiß! sie wird weinen — aber die Zeit wird mit der ersten Jugendliebe in einen Bund treten, und wenn der künftige Frühling mein Grab mit Blumen überzieht, so reicht sie über dem Grabe dem redlichen Malwyn die Hand. — Wohlan, Robert! du hast den Leidenskelch geleert — wolltest du um den lezten Tropfen den Mund verziehn? — bin ich etwa ein Thor, dem Lebensüberdruß den Strick reicht? oder ein Narr, der sich von den Wagenrädern seines Götzen zermalmen läßt. *) Nein! ich sterbe für mein Weib! für meine Geliebte! ich sterbe für meine Mutter, für mein Kind! — Laß dem Tode fürs Vaterland seine Marmorsäulen — auch dein Grab wird nicht vergessen werden — sollte man es auch auf einem Kreuzwege machen.

Sechste Scene.

Arabelle mit Harry an der Hand. Marwell.

Arab. (sanft und freundlich) Da bringe ich dir unsern Harry. Er bittet, du wollest nie vergessen, daß du sein Vater bist.

Harry. (ihn liebkosend) Vater, ich habe dich lange nicht gesehn.

Marw. (schwermüthig begeistert, ohne auf das Kind zu blicken) Knabe, was nennst du lange? Diese Formen, durch welche unser Geist seine Vorstellungen so theuer erkaufen muß — zerbrich sie, und verschwunden sind Zeit und Raum.

---
*) Ein alter Aberglaube der Indier am Feste Tirunal. Siehe Sonnerats Reisen.

Arab. Harry, dein Vater will verreisen.

Harry. Wirst du mich mit dir nehmen?

Marw. Nein, Harry.

Harry. Wirst du weit reisen?

Marw. Die Schwalbe zieht dem Frühling nach.

Harry. Wirst du bald wieder kommen?

Marw. Alles kommt wieder. Der Staub lebt in Blumen wieder auf.

Harry. Wirst du mir auch was mitbringen?

Marw. Was ich noch habe, lasse ich dir — meinen Segen —

Arab. Robert! laß ab mich zu quälen! — ich glaubte seit einigen Wochen viel gelitten zu haben — heute fühle ich, daß es wenig war! —

Marw. Habe Geduld mit mir — es soll anders werden — bald! — (zwischen den Zähnen) Mensch! was zögerst du! — (er blickt wehmüthig auf Harry, hebt ihn in die Höhe, und küßt ihn auf das Haupt) Gott segne dich, mein Sohn! — (er nähert sich Arabellen mit Beklommenheit, ergreift ihre beyden Hände, und küßt ihre wunden Finger) Dank, mein gutes Weib! — (er wendet sich, legt seine zitternde Hände auf Harrys Haupt, und spricht mit tiefer Wehmuth) Gott segne dich, mein Sohn! (dann stürzt er sich in Arabellens Arme) Dank, mein gutes Weib! — (er blickt Thränen schwer gen Himmel) Gott! der letzte Tropfen ist doch bitterer als ich glaubte! —

Arab. Robert! was willst du thun? — Robert! erbarme dich meiner Angst!

Marw. Sey ruhig, Arabelle — ich reise nicht nach Ostindien.

Arab. Nicht? — gewiß nicht? —

Marw. Nein. Ich habe noch einen Freund — ich hatte ihn schändlich vergessen — zu ihm will ich gehn — bey ihm will ich Hülfe suchen — bethet für mich, daß er mich sanft aufnehme.

Arab. Einen Freund? du täuschest mich nicht?

Marw. Nein, Arabelle — diese Stunde leidet keine Täuschung.

Arab. Wer ist er? wo ist er? warum nanntest du mir ihn nie?

Marw. Weil man im Glück die besten Freunde zu vergessen pflegt. Aber fürchte nichts, er wird mich dennoch liebreich empfangen. Seine Arme sind offen für jeden Unglücklichen.

Arab. So geh, von einem guten Engel geleitet.

Marw. Von dem Engel der Liebe! — leb wohl, Arabelle! — wir sehen uns glücklicher wieder.

Arab. Das gebe Gott!

Marw. (hat ihre beyden Hände in den seinigen und schüttelt sie mit Wehmuth) Auf Wiedersehn!

Arab. Bald!

Marw. Wenn der Morgen anbricht. (er tritt in einen Winkel, ringt verstohlen die Hände, verschluckt seine Thränen, und kämpft den herben Kampf der Trennung. Endlich ermannt er sich, und spricht leise) Das Schwerste ist vollbracht! — jezt zu meiner Mutter! (er stürzt fort in seiner Mutter Zimmer.)

Arab. (fällt auf ihre Kniee und hebt Augen und Hände gen Himmel.)

Der Opfer=Tod.

Harry. Was machst du, Mutter?
Arab. Ich bethe für deinen Vater.
Harry. Ich will auch für meinen Vater bethen. (Er kniet neben seiner Mutter.) (Nach einigen
Augenblicken stürzt Maxwell aus dem Zimmer seiner
Mutter. Er will fort. Der Anblick der Bethenden hält
ihn zurück, und erschüttert ihn mächtig. Er bleibt eingewurzelt stehn — ein Krampf verzieht die Muskeln seines Gesichts — sein starrer Blick geht endlich in Rührung über — er hebt seine zitternden Hände langsam
empor — drückt sie vor die Augen — wendet sich —
und wankt hinaus.)

Siebente Scene.
Die alte Mutter kommt und tappt herum.

Mutter. Robert! — was war das? was
soll das heißen? — ist denn Niemand hier?
Arab. (steht auf) Wir sind hier, liebe
Mutter.
Mutter. Sie und mein Sohn?
Arab. Ich und Harry.
Mutter. Wo ist denn mein Sohn?
Arab. Er gieng zu einem Freunde.
Mutter. Warum nahm er denn so beweglichen
Abschied?
Arab. Er ist heute so schwermüthig gestimmt.
Mutter. Kommt da herein gestürzt — küßt
meine Hand — sie ist noch von seinen Thränen
naß — spricht: leben Sie wohl! — dankt mir
für meine Liebe — sagt, es solle mir an nichts
fehlen — und fort ist er! ehe ich einmal fragen

kann: Robert, was soll das bedeuten? und am Ende geht er zu einem Freunde. Man hätte denken sollen, er gienge zum Tode.

Arab. (fährt heftig zusammen) Da sey Gott für!

Mutter. Ist das recht, seine alte Mutter so zu erschrecken? mir beben noch alle Glieder. Komm Harry, führe mich wieder in meinen Sessel, daß ich mich erhole. (ab mit Harry.)

Arab. (steht sprachlos, von dem Gedanken gemartert, den das Wort der Mutter in ihr aufschreckte. — Pause. —) Nein! — nein, das wird er nicht! — drey Leben hängen an dem Seinigen — (sie tritt an den Tisch, und blättert mit einer Hand in dem Buche, indem sie starr auf den Boden blickt) Nein, das wird er nicht! — (sie sucht sich zu beruhigen, setzt sich an den Räherahm und fängt an zu arbeiten, aber ihre Thränen fallen häufig herab. Sie steht auf) Meine Thränen werden Alles verderben. — (Sie greift nach dem Strickzeug, läßt aber bald die Arme sinken) Robert! Robert! du hast meine letzte Kraft gelähmt — ich kann nicht mehr arbeiten — ich kann nur noch bethen! —

Achte Scene.

Malwyn tritt herein.

Arab. (fährt heftig zusammen, als sie ihn erblickt) Ha! Malwyn!

Malwyn. (naht sich bescheiden) Nach einer achtjährigen Trennung sehe ich Arabellen wieder.

Arab. (sucht sich zu fassen) Arabelle Maxwell freut sich, einen alten Freund in ihrem Hause zu bewillkommnen.

Malwyn. Dieser Titel giebt mir große Rechte.

Arab. Ihre Edelmuth gab Ihnen heute schon größere. Empfangen Sie meinen wärmsten Dank als Gattinn und Mutter..

Malwyn. Arabellens Dank ist ein zu hoher Preis für ein verschmähtes Anerbieten.

Arab. Es bleibt drum nicht minder eine Wohlthat — und ich weiß — sie floß aus der reinsten Quelle.

Malwyn. Ich bin stolz auf dieses Zeugniß, und ich fühle, daß ich es verdiene. (mit Wärme) Ja, Arabelle! ich bin noch ganz was ich vor acht Jahren war; das Glück hat mir Reichthümer zugeworfen, aber Herz und Sinn blieben unverändert. (er bemerkt Arabellens Verlegenheit, und mäßigt plötzlich sein Feuer.) Verzeihen Sie, daß ich von Dingen sprach, die nicht hieher gehören. Bey Ihrem Anblick wurde mir zu Muthe, wie einem Greise seyn mag, der, beym Anblick eines Jugend-Freundes, in den Frühling seines Lebens zurückschaut, und da wurde ich wieder zum Jüngling. — Ach! kein Wunder, daß Ihre liebe Gestalt acht lange Jahre in einen Traum zerfließen läßt, und mich in den Augenblick zurück zaubert, wo Sie mir zum letztenmale die Hand reichten. — Damals waren, wie jetzt, Ihre Wangen blaß — damals standen, wie jetzt, Thränen in Ihren Augen —

Arab. Und damals bat ich Sie, wie jetzt, meiner zu schonen.

Malw. Acht Jahre lang habe ich Ihren Anblick gemieden. Heute führt der Wunsch Ihres Gatten mich zu Ihnen. — O Arabelle! wenn Sie wüßten, zu welchen Hoffnungen er mich berechtigen wollte. — Nein, nie hüllte der Versucher sich in eine so lockende Gestalt!

Arab. (höchst verlegen) Wie? — ich will nicht hoffen — daß mein Mann — daß eine seltsame Grille, die er mir selbst äußerte — Sie schweigen?

Malw. Ich errathe, daß er Wort hielt.

Arab. Sie hätten wirklich? —

Malw. Ihn angestaunt.

Arab. Und ich will hoffen: sanft zurecht gewiesen?

Malw. Ach Arabelle!

Arab. Dieser Seufzer — diese traurige Benennung — Sollte ich in Malwyn mich irren? sollte er fähig seyn, einen Unglücklichen, der sich im Staube krümmt, in den Staub zu treten? — o! dann müßte ich ihn einen Blick in mein Herz thun lassen — dann müßte ich ihm die letzten Worte wiederholen, die er vor acht Jahren aus meinem Munde hörte. — Erinnern Sie sich ihrer noch?

Malw. Jeder Sylbe.

Arab. Malwyn, sprach ich, ich liebe Sie — das Schicksal knüpft mich an einen Andern — wenn Sie fähig wären, dieß Band lösen zu wollen — wenn auch nur Einer Ihrer Blicke mich dazu aufmunterte — so würde ich den letzten Trost verlieren — den Trost, Sie zu lieben, und hochzuachten. — In meine Hand legten Sie das Gelübde der Tugend ab —

Malw. Und habe es gehalten.

Arab. In Ihre Hand schwur ich meinem Gatten ewige Treue. Auch ich habe meinen Schwur gehalten. Ich will nicht prahlen, es sey mir sauer geworden — nein, es wurde mir leicht, denn ich habe einen wackern Mann. Habe ich gleich im Ersten Jahre den schönen Träumen meiner Jugend manche Thräne geweihe, so hat der warme Hauch der Mutterliebe sie doch längst getrocknet. — Moxwelle heutige Schwärmerey hätte mir vielleicht erlaubt geschienen, ehe ich Mutter war — denn nur kinderlose Gatten dürfen sich trennen — aber jetzt, jetzt, Malwyn! ist keine Macht auf Erden, die meine Pflichten löst — selbst die Macht der Liebe nicht! —

Malw. Ich habe Sie nicht unterbrochen, weil ich so gern bewundere wo ich liebe. — Liebe! — Das Wort ist heraus. Es kam aus dem Herzen eines Mannes, der keinen Wunsch hegt, vor dem er erröthen müßte. — Arabelle hat mich verkannt. — Wenn ich Ihren Gemahl anhörte, so geschah es um Zeit zu gewinnen; um sein tobendes Blut zu besänftigen; um vor dem raschen Zufahren der Verzweiflung ihn zu schützen. Seine Leiden haben Kräfte in ihm geweckt, die er bis jetzt selbst nicht kannte, und deren Gefühl ihm behagt. Der Gedanke, sich für sein Weib zu opfern, ist jetzt seine Sonne, in welche er starren Blickes schaut, und drüber erblindet für jede Hoffnung, die ihm nahe liegt. Darum ergrübelt sich sein Stolz so manchen spitzen Vorwand um Freundes Hülfe von sich zu stoßen; und findet er keinen solchen Vorwand mehr, so wird die Rettung ihn kaum freuen, denn man raubt ihm das Schooskind seiner Einbildungskraft, von der Liebe erzeugt, von Mangel und Verzweiflung groß gezogen, von kranken Nerven zum Tyrannen seiner Seele erhoben. Darum ist es Pflicht, ihn sanft und leise vom Irrweg abzuleiten; ihn wie den Nachtwandler, ja nicht bey Namen zu rufen, sondern still die Arme auszubreiten, damit — wenn — er fällt, er an Freundes Busen sinke.

Arab. (reicht ihm gerührt die Hand) Guter Malwyn! — Freund in der Noth! — wie war es möglich, daß ich Sie einen Augenblick verkennen konnte?

Malw. Unglück macht mißtrauisch. Der Mann, der einst Arabellens Herz besaß —

Arab. Und werth war, es zu besitzen.

Malw. Den konnte auch Reichthum nicht verderben. Ich kam hieher, um mit Ihnen zu rathschlagen, wie man Maxwell retten könne, ohne daß meine Hand dabey sichtbar werde? — Ich möchte irgend eine unschuldige List ersinnen; ihm eine Erbschaft aus Indien zuwenden, oder eine Terne im Lotto gewinnen lassen — helfen Sie mir so etwas ausdenken.

Arab. Edler Mann! diese dankbare Thräne —

Neunte Scene.

Hanne stürzt herein.

Hanne. (athemlos) Ach Madam, ich bin so erschrocken —

Arab. Was giebts?

Hanne. Es ist ein Auflauf auf der Straße —

Arab. Nun?

Hanne. Die Leute reden so gottlos — so fürchterlich — Ach! es ist mir wie Bley in die Füße gesunken! —

Zehnte Scene.
Der Hauswirth poltert herein.

Da haben wirs! — ein feiner Spektakel! — eine schöne Ehre für mein Haus!

Arab. (ängstlich) Was will Er, mein Freund?

Wirth. Was ich will? ich will, daß sie den Leichnam nicht hieher schleppen sollen.

Arab. Den Leichnam? um Gotteswillen!

Malw. (zugleich) Wessen?

Wirth. Nun, wissen Sie es denn noch nicht? Mäster Maxwell hat sich in die Themse gestürzt.

Malw. Ha! zu spät!

Arab. (schlägt zu Boden)

Hanne. (kauert sich neben Arabellen, und unterstützt ihr Haupt) meine arme Madam, meine brave Madam!

Wirth. Der Miethzins zum Henker! (er rennt fort.)

Malw. Vielleicht ist noch Rettung. (Er will gehn.)

Eilfte Scene.
Hans Hartop. Die Vorigen.

Hartop. Rettung? Freylich ist noch Rettung. Sie haben ihn schon wieder geweckt.

Malwyn und Hanne (zugleich) Er lebt?
Hart. So wahr ich Hans Hartop heiße! er lebt.
Hanne. Haben Sie gehört, liebe Madam?
Arab. (nicht freundlich)
Malw. Wer hat ihn gerettet?
Hart. Aus der Themse habe ich ihn gezogen.
Malw. Er, mein Freund? o nehme er! (er will ihm seinen Beutel geben.)
Hart. Pah! warum nicht gar! so was läßt man sich auch bezahlen. Und gerettet habe ich ihn drum doch nicht, denn als er auf dem Trocknen lag, war er mausetodt. Aber da ist hier in London eine Gesellschaft, vor der kein ehrlicher Kerl in Ruhe ertrinken kann. Da waren gleich ein paar Menschen bey der Hand, vornehme Herren, — Gott weiß wer sie sind, und woher sie kamen — die handthierten flugs mit ihm und rieben, und sprützten, und hauchten — bis er die Augen aufschlug.
Malw. Wohin brachten sie ihn?
Hart. Drey Häuser von hier, zu einem reichen Weinhändler — der war der Geschäftigste — er gehört auch mit zu der Gesellschaft.
Malw. (eilt fort.)
Hart. Gottes Segen über die braven Leute! — Als ich merkte, daß wieder Odem in ihm war, ließ ich mir seine Wohnung zeigen, denn ich mag für mein Leben gern eine gute Bothschaft bringen — Die arme Madam, die da auf der Erde liegt, ist wohl seine Frau?
Arab. Seine Frau.
Hart. Nun, weine Sie nur nicht mehr. Jetzt hat es keine Noth, er kommt davon.

Der Opfer-Tod.

Arab. (reicht ihm ihre Hand.)

Hart. (ergreift und schüttelt sie herzlich) So ists recht. Eine leere Hand und so ein Gesicht dabey, ist mir lieber als des Herrn sein voller Beutel. — Ich denke, Jungferchen, wir helfen der Madam wieder auf die Beine. (Sie heben Arabellen in einen Sessel.)

Zwölfte Scene.

Maxwell. Malwyn. Harrington. Die Vorigen.

Maxw. (noch todtenblau, mit schlicht herab hängendem Haar und niedergeschlagenem Blick wird von Malwyn Arabellen zugeführt.)

Arab. (versucht aufzustehn, vermag es nicht, sinkt zurück, und breitet die Arme aus.)

Maxw. (kniet vor ihr nieder, und legt sein Haupt in ihren Schoos.)

Arab. (bückt sich schluchzend über ihn.)

Hart. (wischt sich mit den Knöcheln seiner Finger die Thränen aus den Augen.)

Harrington. (steht in sich gekehrt, mürrisch, und wirft zuweilen einen Blick auf das wieder vereinigte Paar.)

Maxw. (hebt sein Haupt empor, und sieht Arabellen wehmüthig an.)

Arab. (umklammert seinen Hals, und legt ihre Backe an die Seinige.)

Malw. (sieht innig bewegt auf sie herab.)

Hart. Mein Seel! es ist der Mann, der heute meinen Pack tragen wollte. Er trug wohl schwerer, als ich.

Harrington (zu Marwell) Herr! sind Sie nicht der Nämliche, der mich heute im Theegarten um Beystand ansprach?

Marw. Ich bins.

Harrington. So bin ich wohl zum Theil Schuld an Ihrer Verzweiflung? — so habe ich wohl recht viel wieder gut zu machen? (er zieht Malwyn bey Seite.) Sir, ich kenne Sie als einen ehrlichen Mann: ist das Alles wahr, was Sie mir eben erzählten?

Malw. Wahr, auf Treue und Glauben!

Harr. (nach einer kurzen Pause zu Marwell) Sir, gestern ist mein Sohn beym Baden ertrunken; heute habe ich Ihnen das Leben gerettet — heute hat mir Gott einen Sohn wiedergegeben — Sir, ich nehme Sie an Kindes Statt an.

Marw. (wendet sich kniend zu ihm, und breitet seine Arme dankbar aus.)

Harr. Ich verstehe — keine Worte — ist nicht vonnöthen. Und will dieß brave Weib auch meine Tochter seyn?

Arab. (faltet lächelnd ihre Hände.)

Harr. Ich verstehe — die Sache ist richtig — ich habe wieder Kinder! — Vergieb mir, Gott, mein Murren!

Arab. (sinkt zu Robert herab auf die Knie, umschlingt ihn fest, und drückt ihn an ihr Herz.)

Hartop. Ha! wie wird der Erste Pack, den ich zu tragen bekomme, so federleicht seyn.

Der Vorhang fällt.